강한 금강불괴 되다 ⁁

김대산 현대 판타지 소설

초판 1쇄 찍은 날 § 2020년 2월 26일
초판 1쇄 펴낸 날 § 2020년 3월 4일

지은이 § 김대산
펴낸이 § 서경석

총괄팀장 § 노종아
편집책임 § 강민구
디자인 § 소소연

펴낸곳 § 도서출판 청어람
등록번호 § 제387-1999-000006호
등록일자 § 1999. 5. 31
어람번호 § 제1-3092호

주소 § 경기도 부천시 부일로 483번길 40 서경B/D 3F (우) 14640
전화 § 032-656-4452 팩스 § 032-656-4453
http://www.chungeoram.com
E-mail § chungeorambook@daum.net

ISBN 979-11-04-92154-4 04810
ISBN 979-11-04-92031-8 (세트)

강한 금강불괴 되다 ⁹

김대산 현대 판타지 소설

도서출판 청어람

강한
금강불괴 되다

Contents

제8장

금강부동결 속에서 노닐다

독인(毒人)

그는 독인(毒人)이다. 구십여 년의 일생을 오로지 독에 미쳐 살아왔다.

그에게 독인으로서의 삶이 시작된 건 운명처럼 독마존(毒魔尊)의 진전을 잇게 되면서부터다. 몇천 년 전인지도 모를 오랜 예전의 상고시대에 존재했다는, 고금 역사상 가장 강했다던 전설의 무인들! 구대마존! 그중의 한 사람이자, 독의 절대자! 독에 관한 한 신의 경지에 이르렀다는 바로 그 독마존 말이다.

독마존의 진전은 그를 독의 신세계로 이끌었다. 그러나 그는 이내 한계에 봉착하고 만다. 독마존이 추구한 것은 독 그 자체라기보다는 독을 다루되 그것을 상승의 내가무공(內家武功) 체계로 발전시키고 승화시킨 독공(毒功)이다. 그리하여 그를 일찌감치 절망케 한 것은 그 독공을 수련하는 데 근간이 되는 심후한 내공이다. 요구되는 내공의 경지가 현실적으로는 도저히 불가능한, 그야말로 전설에서나 가능한 것이라는 점 때문이다.

　그는 이후 오랜 시간을 내공을 대체할 다른 무엇을 찾기 위해 온갖 시도를 다 해봤다. 그러나 결국 그 모든 시도에서 실패했다. 그리고 그가 얻은 결론은 결국 독이었다. 독공이 아닌 독 그 자체!

　'가장 강력한 독을 창조해 낼 것이다! 지금까지도 없었고, 앞으로도 없을 전무후무의 위대한 독을! 그리하여 독 그 자체에 관한 한은 오히려 독마존을 능가하리라!'

　그는 맹세했다. 그리고 스스로 독인(毒人)의 길에 들어섰다. 독을 다루는 것이 아닌, 그 스스로가 독이 되는! 그리고 마침내는 독에 지배당하여 파멸하고 말 저주의 길로!

                            독마(毒魔)

그는 자연적 독과 인공적 독을 망라하는 세상에 존재하는 온갖 종류의 독을 그 스스로의 육신으로 섭렵하기 시작했다. 하나의 독을 흡수하고, 오랜 시간과 인내를 투자하여 그것이 주는 부작용과 고통에 적응이 되면, 다시 다른 독을 흡수하기를 무수히 반복했다. 그의 육신은 거대한 독의 집약체로 변해갔다. 중독이 되어 죽을 고비, 아니, 고비가 아니라 실제로 죽었다가 기사회생으로 되살아나는 일이 일상처럼 거듭되었다.

수많은 독이 쌓이고 쌓인 끝에 그의 육신이 이윽고 한계에 부딪히게 되었을 때부터는 이독치독(以毒治毒) 즉, 더 강한 독으로 기존의 독을 누르는 방식을 쓰게 되었다. 그럼으로써 점점 더 강한 독이 필요하게 되었다. 결국 세상에 존재하는 독 중에서는 그의 육신의 독을 누를 만큼 강한 독을 찾기 어려워지면서 그는 또 한 번의 한계에 봉착하게 된다. 그러나 그 한계에서 그는 마침내 스스로 독을 만들어내는 경지에 들어섰다. 스스로의 독으로 더욱 강한 독을 만들어내고 다시 더 강한 독을 만들어내는, 완전한 독인의 경지에 도달한 것이다.

그는 마침내 맹세한 바를 이루었다고 자부한다. 지금까지도 없었고, 앞으로도 없을 전무후무의 가장 강력하며 위대한 궁극의 독을 창조해 냈다고! 그리하여 독 그 자체에 관한 한은, 고금을 통틀어 최고의 경지는 독마존이 아니라 바로 그라고!

세상에서 그를 아는 사람은 단지 몇뿐이다. 그들은 그를 독마라고 부른다.

천멸(天滅)

'인간이기를 포기한 저주받은 독인으로서 세상을 지배할 수 없다면, 차라리 세상을 멸하고 말리라!'

독마가 자신이 탄생시킨 궁극의 독에 천멸(天滅)이라는 이름을 붙인 것은 그런 뜻에서다.

천멸은 가장 강력하며 가장 치명적인 독이다. 또한 미세한 호흡만으로도 주변의 대기를 순식간에 독화(毒化)시킬 수 있는 가장 은밀한 독이다. 그리하여 힘이나 다른 능력에 있어서 그보다 월등히 강한 자—그가 알고 있기로도 이미 몇쯤이 있다. 그를 독마라고 부르는 자들! 그러나 그들은 그의 적이 아니다. 훗날에는 모르겠으되, 지금까지는—라고 해도, 그가 일단 죽이기로 마음먹는다면 결코 죽음을 피해 가지는 못하리라!

더하여 천멸은 살아 있는 독이다. 지금 이 순간에도 가장 강한 독이지만, 그것 스스로 계속해서 더욱 강해지기 때문이다. 그리하여 천멸은 그 스스로에게도 두려운 존재이다. 언제일지 모르나 결코 멀지는 않을 가까운 근래에, 그가 생각하는 것보다 더 빠르게, 그것의 창조자인 그마저도 기어코 파멸시키고 말 것임을 알기에!

5성(五成)의 천멸

　독마는 실망스럽다 못해 차라리 허탈한 심정이다.

　그가 직접 나서야 하는 경우는 아주 드물다. 물론 그가 마
침 오랜만에 외유 삼아서 별로 급하지도 않은 다른 일을 맡
아 중동 지역에 나와 있던 차이긴 하다. 그러나 그럼에도 그에
게 직접 임무가 주어진다는 것은 그만큼 긴박한 상황이고, 또
처리해야 할 자가 대단한 능력자라는 뜻일 터다.

　하긴 암마존과 검마존의 당대 계승자들을 잇달아 제거한
자라면, '대단한 능력자'라고 할 만하다. 물론 그 둘에 대해서
는 그보다 몇 단계 아래쯤의 수준에 머물러 있는 하수들이라
고 평가하는 바이지만, 그렇더라도 그 둘이 세상에서는 얼마
나 엄청난 능력자들로 통하는지를 또한 잘 알고 있는 바이니
말이다.

　이곳 현지의 조직에서는 그자의 이동 경로를 추정하고, 그
자를 유인하기 위해 사막에 없던 물줄기를 인공으로 만드는
제법 거창한 역사(役事)까지 벌였다. 그런 수고가 헛되지 않게
하기 위해서라도, 그 또한 처음부터 천멸을 베풀었다.

　그런데 겨우 5성(五成)의 천멸에 그자는 너무도 간단하게 무

력화되고 말았다. 천멸의 6성 이상을 펼쳐볼 기대를 하고 있
던 그가 허탈해질 수밖에 없는 이유다. 물론 천멸의 위력이
너무 강한 것이지, 그자가 너무 약한 때문은 아닐 것이다. 그
럼으로써 지금 그의 허탈은 그자로 말미암은 것이 아니라, 처
음부터 그의 기대가 잘못된 때문이라고 해야 하리라!

천멸의 진정한 공포는 6성의 경지부터다. 그 단계부터 그가
펼쳐보기를 기대하는 파괴. 즉, 모든 것을 녹여 버리는 본연의
위력이 발휘된다. 5성까지의 천멸은 파괴가 아닌 무력화의 단
계다. 즉, 생체(生體)의 모든 신진대사를 일시에 무력화시켜 버
리는 것이다.

진홍의 눈동자

"조태강!"

누군가 그를 부르고 있다. 어눌한 발음이지만 분명히 그의
이름을 부르는 소리다. 김강한은 바닥에 쓰러진 채로 눈동자
만 겨우 돌려서 목소리의 주인을 확인한다.

작은 키에 깡마른 체구를 지닌 그자는, 온통 검은색 일색
의 모자가 달린 사제복처럼 보이는 옷을 걸쳤다. 윤기가 흐르
는 것처럼 은은한 광택이 비치는 검은색의 얼굴에서는 설핏
흑인인가 싶은데, 오밀조밀한 이목구비로 보아서는 또 동양적

인 생김새다. 그런 중에 특이한 것은 눈이다. 눈동자가 붉다. 그것도 보석처럼 투명하게 빛나는 진홍이다. 그리하여 그자의 눈은 아름답기보다는 섬뜩하리만치 괴이하다.

'당신은 누구인가?'

김강한이 물어보지만 목소리를 낼 기력조차 없으니 말이 아닌 그저 눈빛으로다. 그자가 진홍의 눈동자를 가만히 좁히는데, 마치 희미하게 웃는 듯하다. 그리고 무슨 말인가를 하는데, 알아들을 수는 없고 아마도 중국어인 듯싶다. 그러나 곧바로 그 목소리와 아주 유사한 목소리와 말투가 그의 귓속에 울린다. 능이다.

"나는 독마다. 나에 대해 더 이상 알 필요는 없을 테고, 나 또한 너에 대해 굳이 더 알고 싶지는 않다."

죽이지는 않겠다!

차라~랑!

차라라~랑!

묘한 금속음이랄지 기계음 같은 것이 나더니 독마의 뒤쪽으로부터 무언가 기괴한 형상의 물체들이 빠르게 바닥을 미끄러지며 다가온다.

마치 기다란 뱀처럼 생긴 그것들은 곧장 김강한에게로 달라붙는다. 그러곤 그의 양팔과 양다리 그리고 몸통과 머리를 칭칭 감듯이 묶어버린다. 그가 기왕에 손끝 하나 꼼짝하지 못하는 무기력에 빠져 있거니와, 다시 그것들에 온몸이 꽁꽁 묶이게 되자 숨조차 쉬기가 어렵다.

"마편(魔鞭)이라고 하는 것들이다. 화마(火魔)의 장난감이지."

독마가 나직하게 뱉는다. 그리고 가볍게 미간을 찡그리고는 다시 잇는다.

"인공지능이 심어진 로봇 채찍인데, 무엇이든 휘감아서 파괴해 버리는 제법 살벌한 물건이지. 나무와 돌 같은 것은 옥죄는 힘만으로도 부술 수 있고, 또 강력한 플라스마를 발생시켜 상당한 두께의 금속까지도 절단해 낼 수 있으니, 사람의 육신쯤이야 아주 간단히 토막을 내고 말 테지."

그런 독마의 말은 김강한에게 하는 것이 아니라, 그저 혼잣말로 중얼거리는 것 같다. 평소에 그런 버릇이라도 있는 것처럼!

"난 사실 인공지능이니 로봇이니 하는 것들을 좋아하지 않아. 이번 일에도 화마가 군이 보내오지 않았다면 그런 유치한 장난감 따위를 가지고 오지는 않았을 것이다. 하긴 더욱 마땅하지 않은 건, 내가 처음부터 천멸을 썼다는 것에 대해서다. 네가 이렇게 쉽고 간단한 상대인 줄 알았다면, 기왕에 가지고 온 그 장난감들을 쓰는 것만으로도 충분했을 텐데 말이다."

독마의 그 말에서는 새삼스러운 허탈감이 느껴진다. 그러더니 그의 진홍의 눈동자가 더욱 투명하게 빛난다.

"너를 생포해 오라고 하니, 죽이지는 않겠다. 물론 너는 이미 천멸에 중독되었으니, 차라리 죽느니만 못한 처지라고 하겠다. 그러나 어쨌든 나를 이 황량한 사막에까지 발걸음하게 만들고도 크게 실망까지 시켰으니, 그것에 대한 응분의 대가는 치르게 해줄 생각이다."

독마의 입가에 희미하고도 은은한 미소가 걸린다. 보는 이로 하여금 절로 전율하게 만드는 잔혹이 담긴 미소다.

차라리 정신이라도 잃었으면!

"크… 으……!"

부지불식간에 엄습해 드는 고통에 김강한이 희미하게나마 비명을 토해낸다. 온몸에서 기이한 열기가 피어오르더니, 곧장 살을 태울 듯이 뜨거워지는 때문이다.

"최근에 심심풀이로 만들어본 지옥화린(地獄火燐)이라는 녀석이다. 이름처럼 아주 화끈한 성질을 지니고 있지."

독마가 담담히 뱉고는 잠시 김강한이 고통스러워하는 모습을 지켜보다가 다시 잇는다.

"일전에 네가 암마존맥(暗魔尊脈)의 만천화우(滿天花雨) 수법을 능히 받아냈다는 얘기를 듣고, 문득 홍미가 생기더구나.

물론 그것을 펼친 자가 고수의 반열에 놓일 만한 자는 결코 아니나, 그렇더라도 강렬한 화염과 극열을 내뿜는 세침(細針)들로 펼쳐지는 만천화우는 그 자체로 제법 대단하다고 할 수 있는데, 네가 과연 어떻게 그것을 능히 감당해 냈는지 한번 보고 싶었지."

독마의 말이 차분하게 흐르는 중에, 김강한의 피부에서 작열하던 열기가 문득 엄청난 극열로 폭발한다. 마치 펄펄 끓는 용암을 들이부은 듯이 살갗을 녹여든다. 그 끔찍한 고통은 도저히 견딜 수 있는 것이 아니어서, 김강한의 무기력마저 깨워내며 그로 하여금 처절한 비명을 내지르게 만든다.

"크~으~아아~!"

그러나 그는 이내 비명조차도 내지르지 못하고, 그저 입만 '딱딱!' 벌리는 것으로 극통을 호소한다.

'차라리 정신이라도 잃었으면……!'

그러나 그 참혹한 지옥의 고통은 오히려 그의 정신마저 갈가리 찢어놓으며, 결코 고통으로부터 도망치지 못하게 만든다.

외단은?

'외단은?'

지옥의 고통 속에서 김강한의 뇌리를 관통해 지나가는 의

문이다. 아니, 절규다.

'왜 외단이 작용하지 않는가?'

'왜 언제나처럼 나를 보호해 주지 않는가?'

'왜 이 지옥의 고통으로부터 방어막을 쳐주지 않는가?'

그동안 외단은 만능이었다. 그에게 무한의 힘과 능력을 부여해 주었고, 그 어떤 외부의 공격으로부터도 그를 지켜주었다. 마치 수호신처럼! 그런데 그토록 믿고 의지해 오던 그 만능의 외단이 한순간에 무력화되고 만 것인가?

'제발 이제라도 깨어나 나를 어떻게 좀 해달라!'

'이 지옥의 고통으로부터 나를 구해달라! 제발!'

그는 호소하고 애원하고 절규한다. 그러나 외단으로부터는 아무런 응답도 반응도 없다.

신은 없다

김강한의 옷은 진즉에 불타 한 줌의 재로 흩어졌다. 알몸이 된 그의 몸 주변으로는 엷은 백청색의 광채가 일어나며 아지랑이처럼 일렁이더니, 이내 다시 투명한 불꽃이 되어 이글이글 타오른다.

팅~!

그의 왼 손목에서 맑은 금속성이 일며 무언가 튕겨난다. 능이다. 엄청난 열기에 변형이 되었는지 손목에서 저절로 풀리며 튕겨져 나간 것이다. 그리고 능이는 곧장 모래 속으로 파묻히며 사라진다.

치지지~직!

그의 몸이 타들어 가고 있다. 아니, 녹아들고 있다. 살갗과, 그 안의 근육과 뼈, 다시 그 안의 신경조직과 세포들까지도! 고통과 절망의 벼랑 끝까지 내몰린 김강한은 신에게 매달린다.

'제게 차라리 죽음을! 죽음으로 이 지옥의 고통을 끝내주소서! 제발!'

그러나 고통은 끝나지 않는다. 마지막 구원인 죽음조차도 그를 외면한다.

신은 없다. 적어도 인간이 절박하게 필요로 할 때, 신은 존재하지 않는다.

수용(受容)

김강한은 지옥에 빠져 있다. 단 한 순간도 견디지 못할 끔찍하고도 참혹한 고통이 영원히 끝나지 않고 계속되는 영겁의 지옥이다.

그러나 그것이 그로서는 도저히 어쩌지 못할 고통이라는 데서, 그저 속수무책으로 당하고 감내하고 받아들일 수밖에 없다는 데서, 어느 한 순간 그는 차라리 수용의 단계로 들어선다.

수용! 무조건적이며, 그럼으로써 절대적인 수용! 어쩌면 그런 수용은 여전히 고통에 몸부림치고 있는 그 자신과는 다른, 또 하나의 자아 같은 것일 수도 있다. 지금 고통에 몸부림치는 찰나(刹那)의 현재에는 존재하지 않는! 그리고 미래와 과거 또한 결국은 현재의 그의 의식 속에서만 존재하는 것이니, 그럼으로써 영겁(永劫)의 다른 시간 속에서도 존재하지 않는!

또 하나의 자아! 그것은 차라리 피안(彼岸)이리라! 차안(此岸)의 모든 고통으로부터 해방되는 저 건너편의 언덕!

파문(波紋)

문득 찰나와 영겁이 겹쳐지고 있다. 차안과 피안이 겹쳐지고 있다. 삶과 죽음이 겹쳐지고 있다. 찰나 속에 영겁이 들어가고, 영겁 속에 찰나가 들어간다. 차안 속에 피안이 들어가고, 피안 속에 차안이 들어간다. 삶 속에 죽음이 들어가고, 죽음 속에 삶이 들어간다.

물결처럼 일렁이는 수없는 경계들 속으로 일단의 파편들이 던져지며 파문을 일으킨다. 기억의 파편들이다.

살아도 사는 게 아닌 삶! 한때 그가 살아냈던 삶이다. 스스로의 인생이 한순간에 왜 그렇게 되었는지 도저히 납득이 되지 않고, 혼자 살아남은 주제에 먹고 자고 싸고 그렇게 태연히 살아간다는 게 도저히 용납이 안 되던 삶이다. 먼저 간 사람들에게 너무 미안해서 스스로 목숨을 끊어버리지도 못하고, 아무 계획도 없이, 아무런 의미도 없이, 하루를 살고 나서 죽지 않았으면 또 하루를 살고, 그냥 살아지는 대로 하루하루를 살던, 몇 년간의 지옥 같았던 삶이다. 그러다 어떤 인연이었던지, 혹은 악연이었던지 금강부동결을 만났고, 힘이 생기기 시작했다. 그래서 그걸 구실 삼아, 마지막 잔치를 즐긴다는 마음으로 조금만 더 살아볼 작정을 했다. 한바탕 격렬하게!

영원으로

'한바탕 격렬하게? 과연 격렬하게 살았나?'

또 하나의 자아가 불쑥 그에게 묻는다. 김강한은 가만히 정리해 본다.

'그래. 이 정도 했으면 한바탕 격렬하게 살았다고 할 수도 있겠다.'

그러나 문득 다시 생각하자니, 그 모든 게 다 그저 한바탕의 허망한 꿈에 불과했다 싶기도 하다.

그는 이제 피안으로 건너갈 것이다. 고통에 몸부림치고 있는 육신을 차안에 그대로 두고, 진정으로 모든 것을 수용한 또 다른 자아로! 그럼으로써 그의 육신은 살 수 있을지 모르되, 정신은 온전히 죽을 것이다.

그는 담담한 한 가닥의 웃음으로 작별을 고한다. 그녀 진초희와, 금강부동결과, 마지막 이 순간까지 기억 속에 남는 모든 것들에 대해!

안녕히!

나를 기억하는 모두여!

내가 기억하는 모든 것들이여!

부디 안녕히!

이윽고 모든 것을 놓아버린 그는 이제 영원으로 간다. 찰나도 없고 영겁도 없는, 무한의 허무 속으로!

금강부동결

마지막 희미한 한 줌의 빛으로 명멸해 가는 그의 뇌리에 다시 무언가가 아스라하게 펼쳐지고 있다.

[부동신(不動身)은 사람과 자연의 기운을 서로 조화시키는 무한한 이치에 관한 것이다. 부동신을 익혀 자연의 기운과 동화되는 경지에 이르게 되면, 신체 외부에 무형의 기공간(氣空間)이 형성되

게 되는데, 이것을 외단(外丹)이라고 한다. 외단은 성취에 따라 무한히 넓어지고 깊어져서, 이윽고 사람과 자연이 온전히 동화되는 무궁(無窮)의 도(道)에 이를 수 있다.]

[부동신이 높은 경지로 접어들기 위해서는 그 가없음의 중심이 되어줄 굳건한 근원을 필요로 한다. 아무리 가없고 무궁하다 하더라도 그 근원이 없다는 것은 결국 존재하는 것이 아니기 때문이다. 그 굳건한 근원이 바로 금강신(金剛身)이다. 금강신은 외단을 일정 경지 이상으로 성취한 후에야 수련을 시작할 수 있는데, 그것은 내단(內丹)의 발아가 전제되어야 하기 때문이다. 내단은 부동신의 외단에 대비되는 개념으로 금강신에서 추구하는 내공의 본원(本源)이다.]

[부동신과 금강신, 곧 외단과 내단은 상생의 이치로, 외부의 자극과 충격을 촉매로 삼아 끊임없이 서로를 보완하는 과정을 수행하면서 스스로 강해진다. 그리하여 내단이 천만 번 두드려지면 이윽고 완전한 금강신에 이르는데, 곧 금강불괴지신(金剛不壞之身)이다. 더불어 금강불괴지신을 근원으로 무한히 확장한 외단은, 이윽고 그 어디에도 없고 또한 그 어디에도 있는 무궁지경(無窮之境)에 이르게 된다. 이는 곧 금강부동(金剛不動)의 완성이니, 마음이 일어 행하지 못할 것

이 없게 되는 궁극의 경지이다.]

아아! 점차 웅장한 울림으로 번져 나가는 그것은, 바로 금
강부동결이다.

내단

금강부동결 중에서도 유독 울림이 강렬한 구절은 바로 금
강신과 내단에 대한 것이다.

[아무리 가없고 무궁하다 하더라도 그 근원이 없다는 것은 결
국 존재하는 것이 아니다. 그 굳건한 근원이 바로 금강신이다. 내
단은 부동신의 외단에 대비되는 개념으로 금강신에서 추구하는
내공의 본원이다.]

그리고 다시 한순간, 그의 깊숙한 내부에서 돌연히 한 가닥
의 기이한 느낌이 일어난다. 그리고 그것은 이내 뚜렷해진다.
순간 김강한은 부르짖는다.
'내단이다!'
그렇다! 그것은 내단이다! 그가 지금까지 짐작이나 대중으
로만 정의해 보던 내단에 대해, 처음으로 그 실체를 실감해 보

는 순간이다.

일단 시작이 되자 내단은 빠르게 두터워진다. 육신이 여전히 녹아 들어가고 있는 중에, 그의 깊숙한 내부에서 맹렬하리만치의 빠른 속도로 내단이 성장하고 있다.

올바른 방향

맹렬한 성장에서 내단의 존재감은 사뭇 돋보이리만치 강렬하다. 그러나 그 강렬함은 진기나 내공과는 명백히 무관하다. 그럼으로써 사라진 외단을 새로이 형성시키지도 않는다.

김강한은 여전히 온몸이 녹아 들어가는 지옥의 고통 속에 있다. 다만 그런 중에도 그는 어떤 제삼(第三)의 위치에서 스스로를 지켜보고 있다. 그러한 가히 초월적이랄 수 있는 객관(客觀)은, 극한의 고통 속에서도 그를 존재하게 하는 근원과 본질만큼은 결코 파괴되지 않으리라는, 어떠한 경우에도 그것만큼은 지켜진다는 확고한 믿음으로부터 기원되는 것이다.

그러나 그 믿음이 지금 그가 겪고 있는 지옥의 고통을 조금도 감해주지 못한다는 엄혹한 현실에서는, 그것은 그야말로 극명한 모순이라고 하겠다. 또한 그런 점에서 그 믿음은 다만 고통에 굴복하지 않는 강인함 혹은 더 나아가 고통 자체를 넘어서겠다는 어떤 초월에의 의지를 그에게 부여해 주는 쪽에 가깝다고 하겠다.

그러나… 아아! 그러한 것이야말로 내단의 작용이요, 내단의 공능이 부려내는 조화인 것이다.

'마음이 일어 행하지 못할 것이 없게 되는 궁극의 경지!'

금강부동공이 추구하는 그 궁극의 경지를 향해 가는 올바른 방향인 것이다.

그것만으로도 극락이다

"네가 암마의 만천화우를 능히 감당해 냈다는 것에 대해서는 솔직히 믿기 어렵다만, 어쨌든 제법 강골인 것은 분명하구나. 마음 같아서는 내친김에 그 강골까지 녹여보고 싶다만, 그랬다간 폐부로까지 열독이 미쳐 죽고 말 테니 이쯤에서 지옥화린은 거두도록 하마."

독마다. 그의 말이 있자마자 김강한의 육신을 녹여들던 지옥의 고통이 일시에 사라진다. 동시에 또 다른 종류의 고통들이 앞을 다투듯이 생겨나지만, 지금까지의 고통에 비하자면 다만 소소한 정도에 불과하다.

그리고 그 공백! 지옥의 고통이 사라진 그 자리로 지극한 평온이 찾아든다. 극락이 따로 없다. 지옥에서 한 발짝 벗어난, 그것만으로도 극락이다.

업보

"그러나 나는 여전히 시원하지를 않으니, 화마의 유치한 장난감이라도 작동시켜 볼 수밖에!"

이어진 독마의 그 말에서 김강한은 그 말의 의미보다는 우선 그것이 여전히 그의 귓속에서 그가 알아들을 수 있는 말로 전해지고 있다는 데 대해 일말의 안도부터 느낀다. 모래 속으로 파묻혀 보이지 않지만, 능이가 여전히 그의 곁에 존재하고 있다는 안도다.

그러나 안도와, 더욱이 극락의 평온은 너무나 짧다.

갑자기 우악스러운 힘들이 그의 전신을 강하게 옥죄기 시작한다. 특히 하체 전반과 양팔을 조이는 힘은 엄청나서 곧장,

우~득!

우드~득!

하는 소리와 함께 뼈가 부러져 나가고 있다. 연이어 그 뾰족하고 날카로운 파단부들이 살과 근육을 제멋대로 찢고 꿰뚫고 헤집는다.

김강한은 소스라친다. 그러나 이미 쪼그라들어 버린 폐부로는 비명은커녕 신음 소리조차 내지 못하고 그저 입만 크게 벌린다.

그는 다시 지옥으로 추락한다. 그리고 진저리 쳐지는 고통 중에 그의 뇌리를 뇌전(雷電)처럼 스쳐 지나가는 것이 있다.

'업보!'

이때까지 그가 다른 이들을 고통스럽게 하고, 고문하고, 심지어 살인을 저질렀던 죄에 대한 업보!

살아나고 있다!

김강한은 다시 온전히 받아들이고 있다. 그에게 가해지는 모든 고통에 대해 고통스러운 그대로를!

부러진 뼈가 다시 잘게 부스러진다. 찢어진 근육 속의 잘디잔 신경조직들까지 가닥가닥 끊어진다. 짓눌린 폐부와 장기들은 금방이라도 터져 나갈 듯하다.

각각의 고통은 그의 감각에, 그의 뇌리에 생생하게 각인된다. 그리고 그 하나하나의 각인은 내단을 자극한다. 수없이 내단을 두드린다.

무수히 두드려진 내단은 이윽고 금강신(金剛身)을 형성해 나간다. 금강신은 다시 부동신(不動身)을 일으킨다. 상생의 이치다. 그리고 그는 문득 느낀다.

'아아……! 살아나고 있다!'

외단이다! 마침내 외단이 살아나고 있다.

유희의 끝

독마는 잠깐의 유희를 이제 그만 멈추기로 한다. 조태강에게서 더 이상 나올 흥미로움도 없고, 이제 곧 그를 이송할 헬기가 도착할 시간이기도 하다. 그런데 그가 막 마편의 작동을 멈추려고 할 때다.

팅~! 티~잉!

날카로운 금속음이 잇달아 울린다. 조태강의 전신을 칭칭 감고 있던 마편들로부터다. 놀랍게도 마편들이 잇달아 끊어져 나가고 있다. 마편은 끊어진 채로도 하얗게 번뜩이는 섬광에 둘러싸이며 다시 조태강의 몸을 휘감으려 든다. 움직임을 주관하는 제어부와 동력원이 있는 쪽의 가닥이다. 그러나 다시,

파~팡! 파파~팡!

작은 폭발음들과 함께 그것들은 이번엔 아예 작은 조각들로 분해되다시피 하더니 움직임을 멈추고 만다.

자가요상(自家療傷)

순식간에 벌어진 일에 독마가 놀라기보다는 이채롭다는 기색으로 될 때다. 땅바닥에 축 늘어져 있던 알몸의 조태강이

천천히 몸을 일으키고 있다. 그런데 아니다. 그런 게 아니다. 조태강의 전신 골격은 거의 다 부서진 상태로 몸의 형체를 유지하지 못하고 흐느적거리는 중에, 다른 어떤 무형의 존재가 그의 몸을 반듯하게 누운 자세로 떠받치며 지면으로부터 부상시키고 있다.

우~둑!

우두~둑!

누운 채로 지면에서 1미터가량을 떠오른 조태강의 전신에서 부서진 뼈마디들이 서로 부딪치는 듯한 소리들이 잇달아 울려 나오고 있다. 한순간 독마는 문득의 경악을 떠올린다.

'설마 자가요상이란 말인가? 하지만 그게 어떻게……?'

자가요상(自家療傷)! 내공으로 스스로의 상처를 치료한다는 의미다. 그러나 내공이 신화의 경지에 도달한 고수에게서나 가능하다는, 그야말로 전설에서나 나오는 얘기다. 그런데 지금 조태강의 모습에서는 부러진 뼈마디들이 저절로 원래의 위치로 되돌려지고 있는 것처럼 보이며, 더욱이 그의 편안한 기색에서는 자가요상을 떠올려 볼 수밖에 없다.

강한 흥미

독마는 다시 천멸을 운용한다. 5성의 천멸이다. 사실은 그럴 필요가 없는 일이다. 천멸은 근원적으로 해독이 불가능하여 그 자신조차도 결코 해독할 수 없는데, 조태강은 이미 천멸에 중독된 바 있으니 말이다. 그럼에도 그가 다시금 5성의 천멸을 운용하는 것은, 지금 조태강이 보이는 모습이 결코 5성의 천멸에 중독당한 상태. 즉, 생체의 모든 신진대사가 완전히 무력화된 상태로는 보이지 않는 까닭이다.

독마의 진홍빛 두 눈이 더욱 투명하게 빛난다. 이채라기보다는 짙은 흥미로움이다. 5성의 천멸이 재차 펼쳐졌음에도, 조태강의 자가요상이 계속되고 있는 데 대해서다.

독마의 전신에서 엷은 노을빛의 광채가 스미어 나온다. 천멸이 6성을 넘어서면서 나타나는 현상이다. 죽이지는 않겠다던 그의 생각은 이제 달라졌다. 그는 정말로 강한 흥미를 느끼고 있는 중이다. 조태강이 과연 그의 천멸을 감당해 낼 수도 있을 것인지! 아니, 그것은 절대 불가능할 것이나, 다만 천멸의 진정한 위력에 대해 어느 정도까지나 버틸 수 있을 것인지에 대해! 그리고 그가 일단 그런 종류의 흥미를 느낀 이상에는, 이제 그 누구도, 그 어떤 이유로도 그의 흥미를 억제시킬 수는 없다.

10성(十成)

자신을 기점으로 엷은 노을빛 광채가 확산되며 조태강의 전신을 덮어씌우는 광경을 보면서 독마는 문득 자부에 가득 찬다.

"흐흐흐! 보아라! 이것이 천멸 본연의 모습이니라! 세상의 모든 것을 멸하는 진정한 천멸의 공포이니라!"

노을빛 광채가 짙어진다.

7성(七成)!

기존에 그가 펼쳐보았던 천멸의 가장 높은 수준이다. 그것도 동물을 대상으로만 펼쳐보았으니, 사람에게 펼쳐보는 것은 처음이다.

그러나 조태강은 여전히 자가요상 중이다. 어떤 영향도 받지 않는 듯이! 전혀 상상조차 해보지 않았던 일이 일어나고 있는 것이다. 독마의 입가에 남아 있던 웃음기가 사라지고, 노을빛 광채는 더욱 짙어져 서서히 핏빛을 띠기 시작한다.

8성(八成)!

9성(九成)!

그러나 조태강에게서는 여전히 아무런 변화가 없다. 독마의 얼굴이 당황에 이어 차가운 분노로 굳어진다. 그와 조태강을 둘러싼 노을빛 광채가 완연한 핏빛으로 화한다.

10성(十成)!

이윽고 최고 수준의 천멸이 펼쳐진다.

금강부동결 속에서 노닐다

　김강한의 의식은 사뭇 명료하다. 자신이 지금 어떤 상황에 처해 있는지 뚜렷하게 인지하고 있다. 그리고 비록 요상이 진행 중이긴 하지만, 하고자 한다면 당장에 독마에 대한 대응을 할 수도 있겠다는 판단도 선다. 그러나 그는 굳이 그렇게 할 필요를 느끼지 않는다. 독마로서는 상상조차 하지 못할 일이겠지만, 독마의 천멸은 지금 오히려 그의 요상과 금강부동공의 진전에 지극한 도움을 주고 있으니 말이다. 무엇보다도 지금 그에게 일어나는 초유의 현상들에 대해 깊게 음미해 보는 시간을 가져보고 싶다. 굳이 직접적으로 방해를 받기 전까지는! 그는 지금 금강부동결 속에서 노닐고 있는 중이다.

　[내단이 천만 번 두드려지면 이윽고 완전한 금강신에 이르는데, 곧 금강불괴지신(金剛不壞之身)이다.]

　독마가 자부하는 것처럼 세상에서 가장 강력한 독인 천멸은, 김강한의 내단에 가장 강력한 자극으로 작용하여 내단이 완성되기까지의 단계를 확연히 단축시킬 수도 있을 것이다. 이를테면 구결에서 말하는 '천만 번의 두드림'을 백만 번이나 십만 번쯤으로 줄여줄 수도 있지 않겠는가?

[부동신과 금강신, 곧 외단과 내단은 상생의 이치로, 외부의 자극과 충격을 촉매로 삼아 끊임없이 서로를 보완하는 과정을 수행하면서 스스로 강해진다.]

내단과 금강신이 빠른 진전을 이루어내는 한편으로, 그것은 다시 외단과 부동신(不動身)의 진전을 촉발시킨다. 그리하여 내단과 외단, 금강신과 부동신은 그야말로 눈부신 성장을 이루고 있는 중이다.

[금강불괴지신을 근원으로 무한히 확장한 외단은, 이윽고 그 어디에도 없고 또한 그 어디에도 있는 무궁지경(無窮之境)에 이르게 된다.]

이 구절은 이전에 비해서는 많이 명료해진 느낌이나, 그래도 아직은 요원하다. 우선은 '금강불괴지신을 근원으로' 삼는 것부터가 그렇다. 부서질 대로 부서진 육신을 치료해서 다시 원래대로 회복시키는 것이 급선무이고, 만약 그 이후에 다시 부서지는 일이 없다면 그때에 가서야 비로소 금강불괴를 말해볼 수 있을 것이니 말이다.

다만 외단이 이전의 수준에서 다시 한 단계를 훌쩍 뛰어넘었다는 느낌만큼은 확연하다.

비록 지금은 온전히 그의 몸을 보호하는 데만 진력하고 있으나, '한 단계를 훌쩍 뛰어넘은' 그 공능이 과연 얼마나 확장이 되었는지는, 또한 나중에라야 구체적인 확인이 가능할 것이다.

극성(極成)

10성! 최고 수준의 천멸이다. 그러나 조태강은 여전히 자가요상을 계속하는 모습이다.

천멸은 독마가 일생을 바쳐 창조해 낸, 그의 모든 것이다. 그것이 가로막히고 한계에 봉착하는 상황은 그에게 죽음보다 더한 파멸이다. 독마는 마침내 참을 수 없는 분노를 폭발시킨다. 그는 극단의 선택을 하고 만다. 넘지 말아야 할 선! 10성 그 이상의 단계로 진입한 것이다.

천멸의 극성(極成)은 12성이다. 그럼에도 10성을 천멸의 최고 수준이라고 하는 것은, 그것이 의지로 통제가 가능한 한계이기 때문이다. 10성을 넘어선다는 것은 끌어낼 수 있는 모든 잠재력까지를 폭발시켜 낸다는 것이고, 그럼으로써 입마(入魔)의 단계로 들어선다는 의미이다.

입마(入魔)! 엄청난 마력(魔力)을 이끌어내지만, 대신 자의지(自意志)로 통제할 수 없는 마성(魔性)의 지배를 받게 되며, 그리하여 마침내는 스스로를 파멸로 몰아가고야 마는 마(魔)의 영역이다.

폭주

독마와 조태강을 둘러싸고 있는 천멸의 핏빛 광채가 문득 녹광(綠光)으로 변하며 투명의 광휘를 뿜어낸다.

파츠츠~츳!

녹광의 광휘에 닿은 지면이 녹고 있다. 모래와 흙과 작은 돌조각들이 그대로 녹아내리며 작은 웅덩이를 이루고, 그 안에서 극열을 품은 용탕이 마치 용암처럼 부글부글 끓어오른다. 기괴한 광경이다. 팔열지옥(八熱地獄) 중의 대초열지옥(大焦熱地獄)이 실존한다면 이런 광경이 아닐까?

11성(十一成)의 천멸이다. 이윽고 마성의 지배가 시작된다. 독마의 내부에서 작은 폭발들이 일어난다. 전신의 혈맥에 응축되어 있던 독기정화(毒氣精華)의 연쇄적인 폭발이다. 폭발이 빨라진다. 폭주다. 그 무엇으로도 멈출 수 없는 맹렬한 폭주다. 파멸을 향해 치달아가는!

천멸의 녹광은 다시 투명의 백광(白光)으로 화하며, 엄청난 극열과 눈부신 광채를 폭사해 낸다. 그 광경은 마치 하나의 작은 태양이 생성된 것 같다. 독마는 이제 아무것도 볼 수 없다. 느낄 수도 없다. 그러나 그는 확신한다. 이제 12성의 극성에 거의 도달한 천멸의 안에는 오직 그 혼자만이 존재하고 있음을! 그를 제외하곤 그 무엇도 존재할 수 없음을! 조태강 따위는 이미 녹아버렸을 것임을! 그리고 결국에는 그 자신조차도 존재할 수 없게 되리라는 것을! 천멸은 절대지독(絶對之毒)이다. 그 누구도 거스를 수 없는 절대의 파멸이다.

콰콰콰~쾅!

독마의 내부에서 이윽고 거대한 폭발이 일어난다. 그리고 그 찬란한 마지막의 대폭발로 천멸은 마침내 12성의 정점에 도달했다. 그는 모든 것을 놓아버린다. 절대 파멸의 완성을 기리며, 그 안의 마지막 존재인 그 스스로를 제물로 바친다.

납득할 수 없는 사실

독마는 넋을 빼앗긴 것처럼 망연하다. 천멸이 마침내 12성의 정점에 도달하는 순간, 갑자기 모든 것이 사라져 버렸다. 대폭발의 거력도! 파멸의 광기도! 한번 존재한 이상에는 결코 사라질 수 없는 영원불멸의 절대지독 천멸마저도! 모든 것이 흔적도 없이 사라져 버렸다.

그런 중에 다시 납득할 수 없는 사실은 천멸이 사라졌음에도 그가, 그의 육신이 여전히 존재하고 있다는 것이다. 천멸이 존재하지 않는다는 것은, 곧 그의 독인지체(毒人之體) 또한 붕괴된다는 의미이다. 즉, 그의 내부를 가득 채우고 있는, 그가 평생 섭취해 온 독기정화가 당장에 통제 불능의 상태로 된다는 것이며, 그리하여 그의 육신은 그대로 한 줌의 독수로 화해야만 하는 것이다.

그런데 지금 엄청난 무언가가 천멸의 역할을 능히 대신하고 있다. 능히 독기정화의 불균형과 충돌을 통제하고, 그 발작을 강제로 멈춰놓고 있는 것이다. 그 엄청난 무언가는 그의 의지와는 전혀 무관한 존재이다. 그럼으로써 지금 그의 목숨은 그의 것이 아니다. 그것이 거두어지는 순간 그는 형체도 없이 한 줌의 독수로 화해 사라질 것이요, 반대로 그것이 계속 그를 통제하고 있는 이상에는 죽고 싶어도 마음대로 죽지 못할 것이다.

제9장
—
금강불괴에 가까워진다는 의미

능이!

　김강한은 천천히 몸을 바로 세우며 두 발로 바닥을 딛고 선
다. 좀 전까지 펄펄 끓는 용탕의 웅덩이였던 그곳은, 이제 그
저 움푹 파인 형상의 마른 바닥이 되어 있다.

"능이!"

그가 나직이 부르자 그의 귓속에

삐~익! 삐~빅!

하고 알람 같은 소리가 울린다. 그 소리를 따라 그는 두어

걸음쯤 떨어진 모래 속에서 능이를 찾아낸다.

능이의 시곗줄은 사라진 상태다. 아마도 녹아버린 것이리라. 본체도 성하지는 않다. 귀퉁이들이 녹아서 울퉁불퉁해지고 표면 여기저기에도 움푹움푹 패인 자국들이 생겨 있는 데서도 그렇다. 최유한 박사가 자신하던 신개념의 초합금 물질도 독마의 독이 만든 초열(超熱)에는 견디지 못한 것이다.

"괜찮아?"

김강한이 가만히 묻는 소리에 걱정이 담긴다.

"하드웨어의 30% 정도가 손상되었지만, 기능상의 손상은 미미합니다."

능이의 답이 바로 돌아온다.

"그래? 다행이네!"

김강한이 적이 안도한다. 상당한 레벨의 외부 충격이나 극열 등의 극한 조건에 노출된다고 해도 단시간 내에 기능상의 손상을 일으키지는 않을 거라던 최유한 박사의 장담이 새삼스럽다. 그가 모래를 털어낼 양으로 입바람을 한 번 분 다음, 능이를 왼 손목에다 채운다. 시곗줄이 없어졌으니, 외단으로 고정시켜 놓는 것이지만!

문득 애틋한 마음이 들기도 한다. 능이에 대해서다. 최유한 박사는 능이의 본질이 하드웨어가 아닌 무형의 인공지능이고 시계는 다만 소통을 위한 매개일 뿐이어서, 시계가 손상되면 언제든지 새로운 매개체를 만들면 된다고 했다. 그러나 그는 그럴 마음이 조금도 생기지 않는다. 적어도 지금으로서는! 능이의 본질이 무엇이건, 그에게 능이는 지금 여기저기가 녹아서 볼품없이 손상된 손목시계로서의 형체까지가 포함된 존재이다. 생사의 고비를 함께 넘긴 전우와도 같은!

죽이기는 쉬울지언정, 지배하기는 불가능하다

"당신은 누구인가?"

자신의 앞으로 천천히 마주 서며 묻는 조태강을 그저 망연하게 바라보던 독마는, 이어 그 말이 자신이 알아들을 수 있는 말로 바뀌어 나오자 모호한 눈빛인 채로,

"나는……."

하고 메마른 입술을 달싹거린다. 그러나 그는 이내 흠칫 놀라는 기색으로 되며,

"이건… 천환묘결인가?"

하고 뱉고는, 다시 차가운 웃음과 함께 말을 이어낸다.

"흐흐흐! 재미있구나. 네가 구대마존맥 중 세 군데의 무공요결을 가지고 있다는 얘기는 들었다. 그런데 설마하니 그것들을 익히기까지 했더란 말이냐?"

독마의 눈빛이 깊숙하게 가라앉는다.

"네가 지금 나의 죽음을 멈추어놓고 있다는 것을 알고 있다. 그러나 거기에 무슨 이유가 있어서라면, 천환묘결 따위는 쓰지 않는 게 좋을 것이다. 내 비록 어쩌다 네게 당하는 처지가 되고 말았다만, 그런 따위의 잔재주에까지 모욕을 당할 사람은 아니다. 흐흐흐! 그런 분야의 절대지존(絕對至尊)이라고 할 심마(心魔)조차도 나를 어쩌지 못하는데, 하물며 천환묘결 따위로야……! 나는 뇌 속까지 독기로 가득 차 있는 사람이니, 심령이 지배당한다면 광기가 먼저 폭발할 것이다. 하니 나를 죽이기는 쉬울지언정, 지배하기는 불가능하다는 뜻이다."

그 말을 듣고는 김강한이 천환묘결의 최면요법을 거두어들인다. 독마가 잠시 김강한을 응시하고 있더니 불쑥 다시 말을 꺼낸다.

"나의 죽음을 멈추어두고 있는 이유가 내게 묻고 싶은 것이 있어서라면, 먼저 나의 물음에 대답을 해주겠느냐? 그리하면 나 또한 너의 물음에 성의껏 대답을 해주마!"

김강한이 간단히 그 말을 받아들인다.

"좋소! 그럼 먼저 물어보시오!"

강한 도전을 받을수록, 오히려 더욱 강해지는 녀석

"넌 천멸(天滅)에 당했다. 그것도 12성의 천멸에! 그런데도 왜 죽지 않는 것이냐? 어떻게 녹아버리지 않고 멀쩡한 것이냐?"

독마의 질문이다. 김강한이 대답 대신 담담하게 반문한다.

"나는 당신이 말하는 천멸이 무엇인지조차 알지 못하는데, 어떻게 그 물음에 대답을 해줄 수 있겠소?"

독마가 잠시 응시하고 있더니,

"그 말은 그럴듯하군!"

하고 수긍한다는 투이더니, 이어 혼잣말처럼 그러나 사뭇 확신에 가득 찬 투로 말을 이어낸다.

"천멸은 결코 소멸되지 않는다. 나 스스로도 납득할 수 없는 일이지만, 분명 너의 내부 어딘가에 존재하고 있을 것이다. 그리하여 결국에는 너를 녹여 버리고 말 것이다."

김강한이 잠시 생각 끝에 가만히 고개를 끄덕여 준다.

"어쩌면 그럴 수도 있겠군!"

"무슨 뜻으로 하는 말이냐?"

독마가 재촉하듯이 묻는다.

"그 천멸이란 것이 내 몸 안 어딘가에 존재하고 있을 수도 있겠다는 뜻이오."

그러나 막상 김강한으로부터 그런 수긍이 있자, 독마는 또 무거운 탄식을 흘려낸다.

"으음……!"

"그렇지만 천멸이라는 그것이 내 몸 안에 있다고 해도 당신의 기대대로 되지는 않을 것이오. 내 안에는 천멸보다 강한 녀석이 존재하고 있으니 말이오."

그 말에 대해서는 독마가 즉각 격렬하게 반박한다.

"어림없는 소리! 천멸은 절대지독이다. 물질로서 그것보다 강한 것은 결코 존재하지 않는다."

그러나 김강한이 담담하게 받는다.

"그러나 내 안의 그 녀석은 이미 당신의 그 천멸을 이겨냈지 않소? 그러니 내가 여전히 이렇게 멀쩡하니 살아 있는 것 아니겠소? 그리고 나는 내 안의 그 녀석을 아주 잘 알고 있소. 장담하건대, 아니, 절대적으로 보장하건대, 만약 당신의 말처럼 그 천멸이라는 것이 내 몸 안 어딘가에 있고, 또 당신이 믿고 있는 것보다 더욱 강한 존재라고 하더라도, 결코 나의 그 녀석을 어쩌지는 못할 것이오. 왜냐하면 나의 그 녀석은 강한 도전을 받을수록, 오히려 더욱 강해지는 그런 녀석이기 때문이오."

"닥쳐라! 네 안의 그것이 무엇일지라도, 결코 천멸보다 강할 수는 없다. 절대로!"

독마가 부르짖듯이 외친다. 차라리 절규처럼!

중화(中和)

김강한이 그냥 하는 말은 아니다. 적어도 독마의 '천멸이 너의 내부 어딘가에 존재하고 있을 것이다'라는 말에 대해, 그가 '어쩌면 그럴 수도 있겠다'라고 수긍해 준 것에 대해서는 말이다.

천멸이 그를 속수무책의 무기력 상태에 빠지게 하고, 이어 참혹한 지옥의 고통을 겪게 하고, 마지막에는 내단과 외단에 엄청난 자극을 주었던 미지의 그 무엇이라면! 그렇다면 그것은 독마의 말처럼 그냥 사라진 것이 아닐 수도 있는 것이다. 즉, 내단과 외단에 강력한 자극으로 작용하는 중에 중화(中和)되었을 수 있고, 그럼으로써 더욱 강력해진 내단과 외단의 일부로 화했다고 할 수도 있지 않겠는가 말이다.

기꺼이 말해주마

"이제 내가 몇 가지 물어봐도 되겠소?"

김강한이 독마의 격동이 가라앉기를 기다렸다가 담담하게 말을 꺼낸다. 독마가 또한 차분하게 받는다.

"알고 싶은 게 무엇이냐?"

"먼저 당신의 정체! 또 내가 여기에 있는 줄 어떻게 알고 오게 되었는지? 왜 날 죽이려 했는지? 그리고 나와 관련해서 당신이 알고 있는 것 전반에 대해서 모두 듣고 싶소!"

생각을 정리하는 듯이 잠시 틈을 둔 독마가 이윽고 천천히 말을 꺼낸다.

"좋다. 내 기꺼이 말해주마. 나는 비록 오늘 이렇게 최후를 맞이하지만, 그리하여 앞으로 너와 구마천 간의 자못 흥미로울 싸움에 끼지 못하는 것이 참으로 아쉽다만, 그래도 나의 몇 마디 참견과 훈수로 그 한판의 싸움이 한층 더 흥미진진해질 것 같으니, 그것으로나마 아쉬움을 달래볼 수밖에! 허허허!"

구마천(九魔天)

구마천(九魔天)! 가장 거대하고 강력한 조직이면서, 또한 가장 은밀한 조직!

구마천은 구대마존맥을 당대에 잇는다는 취지로 세워진 조직이다. 그러나 구대마존맥의 후예들이 전부 다 소속된 건 아니다. 즉, 구대마존맥 중 4곳인 심마존맥(心魔尊脈)과 화마존맥(火魔尊脈), 그리고 괴마존맥(怪魔尊脈)과 독마존맥(毒魔尊脈)의 계승자들로만 구성이 되었다.

독마는 구마천을 이루는 4대마존맥과 나머지 5개 마존맥은 감히 비교할 수 없을 만큼 레벨이 다르다고 단언한다.

우선은 나머지 5개 마존맥의 세력 기반이 기껏 중국을 중심으로 한 동아시아의 중화권에 국한되어 있는 데 비해, 그들 구마천의 4대마존맥은 전 세계에 걸쳐 상상하기 어려울 만큼의 엄청난 부와 권력을 갖춘 하나의 거대한 제국을 이루고 있다는 것이다.

그리고 무공 측면의 성취에 있어서도 나머지 5개 마존맥이 사실상 극복이 불가능한 한계에 부닥쳐 선대의 성취에 턱없이 못 미치고 있는 데 반해, 구마천의 4대마존맥은 그 거대하고도 엄청난 부와 권력을 바탕으로 기존의 한계를 능히 극복해 냈다. 즉, 각 분야의 최첨단 과학기술들을 접목시키는 등의 과감하고도 획기적인 시도 끝에 놀라운 대안들을 개발해 냈다. 그리하여 이윽고 선대의 성취에 맞먹는 아니, 오히려 능가하는 성취를 이루게 되었다는 것이다.

서열

독마 자신은 크게 의식하거나 더욱이 구애받지는 않지만, 또한 누구도 분명하게 주장하거나 강조하지 않지만, 구마천의 4대마존맥 간에는 서열이 존재한다.

사실 그러한 것은 4대마존맥의 계승자들이 구마천 내에서 가지는 호칭 혹은 지위에서부터 사뭇 뚜렷하다. 즉, 심마존맥의 계승자인 심마가 대천주(大天主), 화마존맥의 화마가 이 천주(二 天主), 괴마존맥의 괴마가 삼 천주(三 天主), 그리고 독마

자신이 사 천주(四 天主)로, 각기 서열 1위에서부터 4위까지가 되는 것이다.

화마와 괴마가 그보다 서열이 위인 데 대해서는 독마가 결코 인정하지 않지만, 굳이 언급을 하지는 않겠다고 한다. 조태강이 나중에 어차피 마주치게 될 것이니, 그때 자연히 알게 될 것이라는 얘기다. 다만 대천주 심마에 대해서만큼은 몇 가지 얘기를 해두려는 것은, 독마가 유일하게 마음으로 인정하지 않을 수 없을 만큼 심마의 능력이 무섭기 때문이다. 그리하여 조태강이 미리 어느 정도는 알고서 경계하고 대비를 해야만, 그나마 그가 기대하는 바의 흥미로운 싸움이 될 수 있으리라는 것이다.

대천주 심마

대천주 심마는 심대한 포부와 무서울 정도로 치밀한 심계를 지닌 최고의 능력자이다. 실질적으로 구마천을 이끌고 운영하는 모든 계획과 계책과 심모원려는 오로지 그로부터 나온다고 해도 지나치지 않다.

그는 구마천에 직간접으로, 혹은 유무형으로 예속된 수많은 형태의 조직과 인물들을 움직여서 세계의 정세를 광범위하고도 또한 정밀하게 조정한다. 그리하여 구마천의 정치적 경제적 이득을 극대화한다. 심지어 구마천에 속하지 않은 나머지 5개 마존맥 역시도 어떤 방식으로든 암중으로 그에게 통제당하고 있는 게 분명하다.

심마의 흉중에 대해서는 독마 자신과 화마와 괴마도 자세히 알지 못하거니와, 또한 굳이 알려고도 하지 않는다. 그들이 보다 많은 것을 알게 된다고 하더라도, 심마와 역할을 나눌 능력이 되지 못함을 인정하고 기꺼이 승복하기 때문이다.

주목

심마는 진즉부터 조태강의 존재에 대해 주목하고 있는 중이다.

지난번 대한민국 부산의 도심지 두 곳에서 동시에 자행된 대규모 연쇄 테러! 나중에 세계의 언론들에 의해 AAAIAG라는 약칭으로 불린 무장단체가 국제영화제에 참석한 한국 대통령에 대한 테러 기도와 동시에 도심지 백화점을 점거하고 대규모 인질 테러를 벌였던 사건! 그 사건의 배후에도 구마천과 심마가 있었다.

특히 심마가 직접 기획한 일들 중에서는 아주 드물게 실패한 사례였기에, 그때부터 심마가 조태강의 존재에 대해 관심을 가지게 되었다는 것이다. 그리고 이후에 다시 조태강이 5개 마존맥의 후예들을 차례로 무너뜨리는 과정에서, 심마는 이윽고 조태강을 주목하게 된다.

물론 그러한 정도로 조태강이 심마에게 위협이 된 것은 전혀 아니다. 혹시 위협이 되었다면, 이제야 독마를 보내지는 않았을 것이다. 아마도 조태강이 상상도 하지 못할 수단으로 벌써 그를 제거했을 것이다. 심마에게는, 그리고 구마천에는, 그렇게 할 충분하고도 넘치는 능력과 역량이 있으므로!

독마가 보기에 심마의 조태강에 대한 주목은 사뭇 특이하다고 해야 할 형태이다.

절대초인(絶對超人)

상고시대에 존재했다는 절대초인(絶對超人)이 있다.

그 혼자서 전설의 구대마존 모두와 능히 맞설 만큼의, 그야말로 절대의 초인이다.

그러나 지금까지 그 어떤 근거도 흔적도 전해지는 바 없기에 그저 전설일 뿐 실존하지 않았거나, 혹은 실존했다고 하더라도 완전히 절맥된 것으로 단정된 존재다.

희박한 가능성

심마의 그 '사뭇 특이하다고 해야 할 형태의 주목'이란, 바로 그 절대초인의 후계가 혹시 조태강이 아닐까 하는 추측에서 시작되었을 것이다. 물론 그럴 가능성이 그야말로 희박하다는 걸 누구보다 명확하게 아는 사람은 바로 심마 자신일 터다. 그럼에도 심마는 그 희박한 가능성을 굳이 확인하고 싶은 어떤 욕구를 느끼게 된 것이리라고, 독마는 단언한다.

또한 물론, 조태강이 과연 그 절대초인의 후예라고 하고, 나아가 그 능력까지를 그대로 이어받았다고 해도, 그럼에도 심마가 조태강을 두려워하지는 않을 것이다. 설령 그 절대초인이 당대에 되살아난다고 해도 구마천의 상대는 되지 못할 것이니 말이다.

심마를 비롯한 구마천의 사대천주들의 능력만으로도 그 절대초인을 능히 상대할 수 있을 것이다. 거기에 더해 구마천은 역사상 존재했던 그 어떤 제국보다도 월등히 압도적인 무력과 재력과 권력과 정보력 등의 총체적인 역량을 보유하고 있다. 그리하여 보이지 않는 중에 세계를 주무르고 있으니, 결코 한 개인이 감당할 수 있는 차원이 아닌 것이다.

절대자의 허무

'가능성 자체가 희박하거니와 그 희박함이 실현되더라도 막상 두려워할 것이 없다. 그럼에도 심마가 조태강에게서 그런 가능성을 굳이 확인하고 싶은 욕구를 느끼는 것은?'

결국은 심마 스스로의 허무 때문일 것이다. 절대자의 허무라고 할까? 그는 이미 더 이상 이룰 것도 없고, 오를 것도 없는 가히 정점의 단계에 올라섰다.

그러나 요즘 시대에 새로이 나라를 세울 것도 아니고, 현대판 칭기즈칸이나 알렉산더가 되어 정말로 세계 정복에 나설 것도 아닐 터다.

그런 의미에서의 허무다. 절대의 힘과 권력을 소유하고 있되, 더 이상 부를 축적하고 힘을 키울 의미를 잃어버린 자의 허무!

운명처럼 정해진 숙적이라면

그런 터에 심마가 성취한 바의 능력에 필적하는 상대가 나타난다면? 비록 그 필적이 개인의 무력에 한정되는 것이고, 또한 필적이라기보다는 그저 근접하는 정도에 불과할 뿐이라고 해도! 그가 가진 모든 무력을 한번, 그야말로 마음껏 쏟아부어 볼 수만 있다면? 더욱이 그 상대가 고대의 전설로부터 운명처럼 정해진 숙적이라면?

심마는 스스로의 허무를 위로하고, 나아가 오래전에 잃어버렸던 신선한 생명의 활기를 다시 누려볼 수 있을 것이다. 또한 그가 현재 이루고 있는 것들을 위하여 지금까지 치열하게 살아왔던 것처럼, 남은 삶을 다시 치열하게 살아갈 계기를 얻을 수도 있으리라! 그런 기대는 다른 사람들로서는 실감하기 어려울 것이되, 심마에게는 그야말로 절박한 것일 수 있다.

그런 관점에서 심마가 자신을 조태강에게 보낸 것은 구마천의 적을 제거하기 위해서라기보다는 그 스스로의 궁금증과 호기심을 더는 참기 어려워서일 것이리라고, 즉, 조태강이 과연 얼마나 강하며 그의 기대에 과연 얼마나 부응할 수 있을지를 가늠해 보기 위한 것이리라고, 독마는 제법 길었던 얘기의 마무리를 짓는다.

"이제 나의 죽음이 전해지면, 아마도 심마는 크게 조급해할 것이다. 한껏 팽배할 너에 대한 욕구와 기대로 인해서 말이다. 호호호!"

나지막이 웃고 난 독마가 지그시 두 눈을 감는다. 더는 할 얘기가 없으며, 이제 기꺼이 죽음을 맞이하겠다는 것이리라!

한층 더 마음이 끌리는 정도의 추론

김강한은 그동안 내내 알고자 했던 것에 대해 마침내 그 대강의 실체를 알게 되었다. 그가 소중한 사람들 곁에서 떠나야

했던 이유의 실체이자, 그가 다시 원래의 자리로 돌아가기 위해서 반드시 제거해야만 하는 위협의 근원에 대해서이다.

그리고 또 한 가지! 그가 요결을 쫓는 자들의 정체에 대해 궁금해했던 또 하나의 이유! 즉, 천락비결 등의 요결에 대한 기원을 알게 되면 그것으로부터 다시 금강부동결의 기원까지를 밝혀낼 수 있을지도 모른다는 막연한 추론! 그것에 대해서도 좀 더 가까워진 느낌이다.

상고시대 구대마존 모두와 능히 홀로 맞섰던 절대초인의 존재! 구마천에서 그를 그 절대초인의 후계가 아닐까 하는 추정을 한다는 데서, 금강부동결의 기원이 바로 그 절대초인이 아닐까 하는 막연한 심정을 가져보게 되는 것이다. 아니, 막연함을 넘어서 한층 더 마음이 끌리는 정도의 추론을 해보게 되는 것이다.

그러나 그는 알고 있다

김강한이 구마천에 대해 좀 더 자세한 정보를 캐보고자 하는 마음이 들지 않는 것은 아니다. 그러나 독마를 다시 몰아세우고 싶지는 않다. 그렇게 하는 것은, 그가 어떤 삶을 살아왔던가에 무관하게 나름대로의 목표를 향해 치열하게 달려온 끝에 이제 초연하게 생의 마지막 단계를 맞으려는 한 인간에 대한 모독일 것이다.

그리고 몇 가지 정보를 더 알아낸다고 해서 크게 달라질 것
도 없을 것이다. 어차피 기다리는 것밖에는, 그가 먼저 시작할
수 있는 일은 아마도 없을 것이므로!

그러나 그는 알고 있다. 그들 구마천은 반드시 그의 앞에
다시 나타나리라는 것을! 언제가 됐든!

흔적도 없이!

김강한은 가만히 외단을 거둔다.

순간 독마의 두 눈이 가늘게 떠지고 스스로의 의지인지 근
육의 마지막 뒤틀림인지 그의 눈가로 설핏 한 가닥의 희미한
웃음기가 스쳐 지나간다.

독마의 몸이 녹아내리고, 그 형체가 사라지고, 그 자리에
한 줌의 액체만이 남기까지는 순식간에 불과하다.

그리고 이윽고는 그 한 줌의 액체마저도 모래 바닥으로 스
며들며 사라지고 만다. 흔적도 없이!

크게 조심하지는 않아도 되는 까닭

김강한은 천천히 몸을 움직여 본다.

그의 몸에서는 여전히 요상이 진행 중이다. 부러진 뼈와 찢어진 근육들이 다시 배열되고 재배치되는 과정은 거의 다 마무리되었다. 그러나 그것들이 다시 붙고 이어져 원래대로 복원되는 데는 다시 시간이 필요하리라!

팔다리를 뻗어보고 목과 허리를 돌려보는 그의 움직임들이 조심스러울 수밖에 없는 이유다.

다만 크게 조심하지는 않아도 된다는 것을 그는 알고 있다. 즉, 그의 움직임으로 인해 무리가 갈 수 있는 부분들에 대해서는 역시 내외단이 단단하게 지지를 하고 있는 까닭이다.

금강불괴지체의 단계에 훌쩍 가까워진다는 의미

김강한이 막상 제대로 실감하지 못하고 있는 부분도 있다. 지금 진행 중인 요상이 그의 육신을 그저 치료하는, 그래서 예전의 상태로 되돌리는 원상 복구의 차원만이 아니라는 사실이다.

금강부동공의 경지가 상승의 단계로 올라선 만큼, 그리하여 내외단이 가히 괄목할 만한 성장을 이룬 만큼, 그의 신체는 이제 여러 측면에서 기존과는 비교하기 어려운 사뭇 새로운 공능들을 가지게 될 것이다. 그것은 곧 금강부동결에서 말하는 금강신의 완성. 즉, 금강불괴지체의 단계에 훌쩍 가까워진다는 의미이기도 하다.

그러한 변화의 징조가 벌써 나타난 부분도 있다. 그는 스스로를 보지 못하지만, 그리고 어느 부분이라고 콕 찍거나 어떤 식이라고 구체화할 만큼 두드러지게는 아니지만, 지금 그의 체형과 얼굴은 기존의 모습과는 분명 달라진 데가 있는 것이다. 사뭇 애매하고도 모호한 정도로!

보는 사람이 없어 다행이다

투다다~! 다다다다~!

멀리서 헬기 소리가 들린다. 그리고 이내 모습을 드러내며 빠르게 가까워진다. 헬기가 머리 위 상공을 선회하는 모습에서 김강한은 그것이 구마천과 관련이 있으리라는 짐작을 해본다. 그런 그의 짐작을 확인이라도 시켜주듯이, 상공을 한 차례 선회했다가 다시 돌아오는 헬기에서 느닷없이 기관포가 불을 뿜는다.

두두두두두~!

퍼붓는 듯이 무수한 탄환이 날아들면서 김강한이 서 있는 주변 일대가 곧장 자욱한 모래 먼지로 뒤덮인다. 그는 굳이 피하지 않는다. 빗발치는 탄환은 빗나가는지 외단에 튕겨나는지 그의 몸을 피해 주변으로만 숱하게 스쳐 지나간다.

한 차례 맹렬한 사격 끝에 선회 궤적을 돌아 나간 헬기가 다시 접근해 들 때다. 김강한의 주변 바닥에 어지러이 나뒹굴고 있던 마편의 잘린 조각들 중에서 대여섯 개가 마치 살아 있는 비사(飛蛇)처럼 곧장 허공을 향해 뻗어 올라간다. 그러고는 그대로 헬기의 날개에 휘감긴다.

헬기는 당장에 날개의 회전력이 현저히 줄어들면서 방향성을 잃어버린다. 그러곤 이리저리 어지럽게 비행을 하다가 곧 두박질을 치더니, 이윽고는 앞쪽의 황무지에 추락을 하고 만다.

콰~쾅!

거창한 폭발음이 울리지만 김강한은 굳이 시선을 주지 않는다. 대신 곧장 반대편을 향해 달리기 시작한다. 그는 지금 나신이다. 알몸에 능이만 차고 있다. 보는 사람이 없어 다행이다.

제10장

—

복기(復棋)

확신

   터키의 국경도시 누사빈(nusaybin)!

   도시 외곽에 있는 한 허름한 레스토랑의 외부 테라스에서 오상식 중령은 자리에 앉지도 못하고 내내 서성이고 있다. 이곳이야말로 그들이 인질들과 함께 IS 점령지를 탈출하여 도착한 안전지대이다.

   그들이 떠나온—그들의 젊은 대장을 홀로 남겨두고 떠나온— 그 분지 마을에 대대적인 폭격이 가해졌다는 소식 이후로, IS 수반 아부 오마르 알 알두리가 제거됐다는 소식은 아직 나오지 않고 있다.

'그는 살아 있다!'

그것은 원(願)이 아니라, 확신이다. 그들의 젊은 대장! 무명부대의 부대장은 어떤 상황에서든 반드시 살아남았을 것이라는 확신!

거부할 수 없는, 거부해서도 안 되는 명령이었다

"아무리 생각해도 이건 아닙니다. 대장님을 혼자 두고 저희들만 갈 수는 없습니다."

"이미 명령을 내렸듯이, 지금 당신은 개인으로서의 오상식 중령이 아니라 전적인 책임과 권한을 가지고 무명부대를 지휘하는 위치입니다. 따라서 당신은 무명부대에 부여된 절대 임무인 인질들의 구출을 완수해야 하고, 또한 부대원들의 무사 귀환을 끝까지 책임져야만 합니다. 오로지 그러한 임무와 책임에 당신의 모든 것을 바쳐야 할 것입니다."

젊은 부대장과 마지막으로 주고받았던 말들은 여전히 오상식 중령의 귓가를 생생하게 맴돌고 있다.

'그때 그 명령을 끝까지 거부했더라면……!'

내내 떨쳐지지 않는 생각이다. 그러나 몇 번을 돌이켜 생각해 봐도 그것은 결코 거부할 수 없는, 그리고 거부해서도 안되는 명령이었다.

명령 거부

인질들과 무명부대원들은 이미 가장 가까운 국제공항이 있는 지역을 향해 출발했다. 오상식 중령도 함께 귀환하라는 명령을 받았지만, 그는 명령을 거부했다.

일생을 군인으로 살아오면서 처음으로 해보는 명령 거부다. 그러나 부대장의 생사를 확인하지 않고는 결코 그 혼자만 귀환할 수 없다는 각오다.

그의 완강함에 본국에서는 귀환을 12시간 늦춰주었다. 물론 그 12시간으로 그가 따로 해볼 수 있는 일은 아무것도 없다. 그저 기다리는 것 외에는!

그렇더라도 그는 기다릴 것이다! 여기 이곳에서! 그의 대장이 살아 있다는 소식이라도 들려오기를!

여기서 뭐 하고 있는 겁니까?

무기력한 중에 시간은 빠르게 지나간다. 오상식 중령은 입술이 바짝바짝 타들어 간다. 이제 12시간이 거의 다 지나가고 있다. 그런 뒤에는 그로서도 더 이상 고집을 피울 수 없다. 가슴 시린 회한을 안고 귀국길에 오르는 수밖에는!

그때다. 앞쪽 거리에서 레스토랑을 향해 오고 있는 한 사람이 있다. 아랍인의 복장인데 우선 그 옷매무새가 사뭇 어색해 보인다. 몸에서 겉도는 듯이 헐렁한 품새가 그렇고, 하여튼 전체적으로 영 정돈되지 않은 느낌이다. 더욱이 그 사람 역시도 마치 그런 옷차림을 처음 해보는 듯이 어색해하는 태가 다분하다.

오상식 중령은 그 사람에게서 눈을 떼지 못하고 못 박힌 듯이 시선을 빼앗기고 만다. 옷차림 때문이 아니다. 설핏 낯익은 얼굴이면서도 어딘가는 다른 모습이 있는 듯이, 묘한 모호함을 풍기는 얼굴 때문도 아니다. 그냥 그 사람 자체로 눈에 확 들어와 박히는 너무도 분명한 이미지 때문이다. 바로 그다. 대장! 무명부대의 젊은 부대장!

그때쯤 대장도 오상식 중령을 발견한다. 그리고 레스토랑의 입구에서 가볍게 그 어색한 차림의 옷자락에 묻은 먼지를 한번 털고는 곧장 외부 테라스로 나온다.

"여기서 뭐 하고 있는 겁니까?"

태연한 체 툭 던지는 그 말에서, 대장은 마치 아무 일도 없었다는 듯하다. 순간 오상식 중령은 가슴속에서 뜨거운 무엇이 치밀고 올라오면서 말문이 콱 막히고 만다. 그런 그에게 대장이 싱긋이 웃으며 손을 내민다. 오상식 중령이 그 손을 마주 잡는다. 뜨겁다. 두 사내의 체온이 고스란히 교감된다.

모두와의 인연이 다 소중하다

"누구십니까?"

묻는 사람은 주(駐)터키 한국 대사관에서 나온 참사관이다. 물론 오상식 중령의 격동만으로도 지금 그가 굳게 손을 맞잡고 있는 상대편이 누군지는 이미 짐작이 되는 것이지만, 다만 참사관이 미리 확보한 사진 속의 얼굴과는 사뭇 다른 느낌인 까닭이다. 그러나 참사관은 그들 둘, 누구로부터도 대답을 듣지 못한다. 두 사람은 여전히 격정에 사로잡혀 그의 존재에는 전혀 신경을 쓰지 못하는 듯하다.

"부대원들은요?"

김강한이 다시 묻고 나서야, 오상식 중령은 말문이 겨우 트인다.

"모두 공항으로 출발했습니다."

"그런데 오 중령은 왜 함께 가지 않았습니까?"

김강한의 그 물음에 대해서는 오상식 중령이 또 울컥하고 만다. 왜 그랬겠는가? 지금 그걸 몰라서 묻는가? 괜스레 억울한 심정으로까지 된다. 사뭇 유치하게도 말이다. 그때 참사관이 슬쩍 다시 끼어든다.

"부대장님만 두고 갈 수는 없다고. 소식이라도 들어야겠다고 하도 고집을 피우시는 바람에……!"

"하여튼……."

김강한의 반응에 가벼운 타박이 녹아 있음에도, 오상식 중령이 이제는 그저 싱겁게 웃기만 할 뿐이다. 그때 마침 레스토랑 앞에 지프차 한 대가 와서 서는 걸 보고, 참사관이 서둔다.

"자! 오 중령께서는 지금 즉시 출발해야 하니까, 저 차를 타세요!"

그러나 오상식 중령이 그 말에 선뜻 움직이지 못하고,

"대장님은……?"

하고 김강한을 보는데, 참사관이 얼른 말을 보탠다.

"부대장님은 걱정 안 하셔도 됩니다. 이미 제반의 조치가 다 되어 있고, 또 이제부터는 제가 끝까지 함께 움직일 테니까 걱정 마시고, 오 중령님이나 얼른 서두르세요! 지금 출발해도 공항까지 가자면 시간이 빠듯할 겁니다."

김강한이 오상식 중령에게 손을 내민다.

"한국에 돌아가서 뒷일 대충 정리되고 나면 한번 봅시다. 전하게 한잔해야지요."

오상식 중령이 김강한의 손을 굳게 잡으며 답한다.

"물론입니다. 그럼 한국에서 뵙겠습니다."

손을 놓고 돌아서서 가는 오상식 중령의 발걸음이 짐짓 씩씩하다. 그리고 한 번 돌아보지도 않고 곧장 차에 오른다.

  부~웅!

  차가 출발하지만 김강한은 일부러 몸을 돌린다. 혹시 돌아볼 오상식 중령과 시선을 마주치지 않기 위해! 좋은 사람이다. 그에게 또 하나의 소중한 인연으로 오랫동안 남을! 어디 오상식 중령뿐이겠는가? 생사의 순간을 함께 나눈 무명부대원들 모두와의 인연이 다 소중하다.

  ### 아주 조금쯤의 변화

  참사관은 약 반 시간쯤의 여유가 있다고 했다. 그리고 김강한에게는 마침 그 잠깐의 시간 여유를 마디게 쓸 일이 한 가지 있다.

  레스토랑의 화장실로 간 그는 세면대 거울에 얼굴을 비쳐본다. 그런데 사뭇 모호한 얼굴이 그곳에 있다. 천환묘결을 운용하지도 않은 그 얼굴은,

  김강한!

  조상태!

  조태강!

  그중의 어느 쪽도 아니다. 그런데 그 누구의 얼굴보다도 훨

씬 괜찮은 느낌의 얼굴이다. 괜찮은 느낌? 그가 지금까지 주로는 김강한으로, 그리고 이후에 조상태와 조태강으로 살아오면서 숱하게 보아왔던 스스로의 모습 중에서, 지금 보고 있는 모습이 가장 마음에 든다는 의미이다. 잘생겨 보인다는 것과는 다른, 스스로 보기에 만족스럽다. 피부의 톤에서부터 이목구비의 하나하나와 그 전체적인 조합까지! 새삼스럽게도 모든 것이 다!

많이는 아니지만, 또 자세하게 어디가 어떻게 변했다고 말하기는 어렵지만, 분명히 변한 부분이 있긴 하다. 아마도 엉망으로 상했던 뼈와 근육들이 재배열되고 치유가 되는 과정에서 얼굴의 형태와 모습에 약간씩이라도 영향을 미친 것이리라! 그러나 뭐, 그렇게 대단한 일이라고 할 것은 결코 아니고, 그냥 그런 느낌이라는 거다.

그는 느긋하게 천환묘결을 운용한다. 거울 속의 얼굴이 천천히, 그리고 다른 사람이 보았을 때 뭔가 달라졌다고 할 정도는 아닌, 아주 조금쯤의 변화를 일으킨다. 그러나 그 스스로에게 그 '아주 조금쯤의 변화'는 제법 확연하다. 이제야말로 제대로 된 조태강의 얼굴로 돌아간 것이다.

괜스러운 안도

참사관은 가볍게 고개를 끄덕인다. 그런 그의 얼굴로 설핏 안도 같은 게 스친다. 무명부대장의 얼굴이 그가 확보한 사진 속의 모습과 이제야 확연하게 일치된다는 데서 오는 안도이리라!

물론 처음부터 의심 같은 걸 해볼 여지는 없었지만, 그래도 이제야 모든 것이 완전해진 것 같은 뒤늦은, 그리고 괜스러운 안도라고 할까?

미국 주도

인질 구출 작전의 주역으로 작전 당시 한국 대통령의 기자 회견에서도 언급이 되었던 무명부대는, 그러나 막상 모든 것이 종료된 이후에는 한국 정부 차원에서도 국내 언론에서도 거의 다루어지지 않는다.

오히려 해외 언론들이 관심을 보인다. 그러나 한국 정부에서는 무명부대의 역할에 대해서 모호한 언급으로 애써 축소를 시키는 듯한 입장을 취하며, 대신 미국 측이 사실상 주도한 작전이었다는 내용을 적극적으로 부각시킨다.

[인질 구출 작전은 처음부터 미국 주도로 실행이 되었고, 한국의 무명부대는 그 작전 계획의 일부로 투입이 되었을 뿐이다. 따

라서 한국 정부는 미국 정부에 대해 거듭 심심한 감사를 표하는 바이다.]

사찰(査察)

미국 CIA는 뒤늦게 주목하고 있다. IS에 의한 한국인 인질 납치 테러 사건 때 아부 오마르 알 알두리 등의 IS 수반과 핵심 지휘부가 집결해 있던 시리아 내 소규모 촌락의 경비 진지와 병력에 대해서, 미국의 대규모 폭격 이전에 가해진 일련의 포격에 대해서다.

미국과 무관하게 가해진 그 포격의 형태가 결코 일반적이지 않고 상당히 특이했음을 추론하게 하는 흔적과 단서들이 확보되었다. 그리고 사건 전후로 수집된 방대한 정보를 분석한 결과에서는, 놀랍게도 그 포격의 주체가 한국일 수 있다는 정황상의 추정까지가 상당한 신뢰도로 도출된다.

그러한 추정이 향후 자국의 이익과 나아가 안위에까지 지대한 영향을 미칠 수도 있다는 판단에 도달한 CIA는 즉각 사찰에 착수한다. 사찰의 시작이자 핵심이 되는 요소는 바로 무명부대다. 특히나 무명부대를 지휘했던 부대장이야말로, 그들이 필요로 하는 가장 중요하고도 핵심적인 정보를 가지고 있을 터다.

CIA는 우선 정부 대 정부 루트를 통해 한국 정부에다 무명부대에 대한 정보를 요구한다. 그러나 한국 정부는 임시 조직으로 작전 수행을 끝낸 무명부대가 귀국 즉시 해체되었으며, 외상후스트레스 증상을 겪고 있는 부대원들의 보호를 포함한 포괄적인 신변 안전을 위해 그들에 관한 어떠한 형태의 정보도 제공하기 어렵다는 답변으로 선을 긋는다.

그러나 미국 측의 강력한 요구가 계속되고, 이윽고 양측은 한 가지 사항에 대해 합의에 이른다. 즉, 작전에서 중추적인 위치에 있었던 미국 CIA의 중동 지부 책임자와 무명부대 부대장 간의 일대일 면담에 합의한 것이다. 단, 한국 측의 요구로 면담의 전 과정을 녹화한다는 조건이 붙었다.

무명부대의 부대장은 나요!

CIA 중동 지부 책임자인 로버트와 무명부대 부대장 오상식 중령이 밀실에 마주 앉았다. 오상식 중령의 영어가 유창하지는 않지만 대화가 가능한 수준은 되는 까닭에 통역은 필요하지 않다. 다만 두 사람의 대화가 시작되자마자 곧장 논쟁이 벌어진다.

"오상식 중령! 당신이 무명부대의 부대장이 아니라는 사실을 증언해 줄 사람들은 많소. 작전 당시에 당신이 아닌 실제 무명부대 부대장을 직접 접촉했던 시리아 주재 한국 대사관의 무관과, 또 무명부대와 접촉했던 쿠르드족 전사들을 포함해서 말이오."

로버트의 단언에 대해 오상식 중령이 꿋꿋하게 받는다.

"당신이 어떤 증언들을 확보하고 있건 간에 다시 한번 분명하게 말하건대, 무명부대의 부대장은 나요!"

"그걸 어떻게 증명하겠소?"

로버트의 어조가 격해진다. 그러나 오상식 중령은 여전히 꿋꿋하다.

"그걸 왜 증명해야 되는지는 모르겠지만, 나는 대한민국의 군인이오. 따라서 나의 모든 것은 대한민국 정부에서 증명할 것이오."

복기(復棋)

"오 중령 당신과, 또한 당신의 정부는, 무슨 이유에서인지 사실을 은폐시키려 하고 있소. 그러나 당신들의 시도는 결코 통하지 않소. 왜냐하면 나 자신이 바로, 당신들의 거짓을 증명할 가장 결정적인 증인이기 때문이오. 즉, 당시 나와 무명부대의 부대장은 인터넷 메시지로 대화를 주고받은 바 있는데, 그 시점과 당신을 포함한 무명부대가 인질들과 함께 터키 국경을 넘어갔던 시점이 타임라인상으로 명백하게 오버랩이 되고 있소.

그 사실은 분명한 기록으로 제시할 수 있는 것이고, 그럼으로 써 오 중령 당신은 결코 무명부대의 부대장이 될 수 없소."

로버트의 말이 확신에 차 있다. 그러나 오상식 중령은 당황 하는 기미 같은 건 조금도 없이 오히려 희미한 웃음기를 떠올 리며 받는다.

"그럼 당시에 당신과 내가 주고받았던 그 인터넷 메시지 내 용을 한번 복기해 보도록 합시다. 그럼으로써 우리 두 사람이 그것을 직접 주고받았다는 가장 명백한 증거가 되지 않겠소?"

순간 로버트가 멈칫하는 기색인데, 오상식 중령이 차분하게 말을 이어간다.

"그때 당신은 내게 아부 오마르 알 알두리와 파델 이브라힘 알 아드나니를 포함하는 IS 지휘부 다섯 명을 제거하고, 그것 을 확인시킬 수 있는 영상을 보내라고 했소. 그 말에 따르지 않으면 즉각 무차별적인 집중 포격이 개시될 것이라는 위협과 함께! 내가 무고한 민간인 인질 수십 명도 함께 있는데, 그들 의 생명마저도 도외시하겠다는 것이냐고 따졌고, 당신은 이렇 게 대답했소. 그 다섯만 제거하면, IS를 일거에 허물어뜨릴 수 가 있고, 그럼으로써 미국은 IS와의 기나긴 전쟁을 마침내 종 식시킬 수 있는 결코 놓칠 수 없는 절호의 기회라고! 또한 그 들 다섯을 제거하지 않음으로써 앞으로 생길, 지금 그곳에 있 는 무명부대와 한국인 인질들의 숫자보다 훨씬 더 많은 미래의 희생을 미연에 방지할 수 있는 유일의 기회이기도 하다고!
따라서 당신들로서는 그 어떠한 비난에 직면하게 될지라도 기
꺼이 감수할 각오이고, 당신들이 쓸 수 있는 모든 수단을 다
동원하는 것 외에는 다른 선택의 여지가 없다고! 그리고 결국
당신들은 무차별적인 집중 포격을 개시했지. 그곳에 수십 명
의 한국인 인질들이……."

그때다. 로버트가 앉은 자리에서 벌떡 일어서며 거칠게 외
친다.

"그만! 그만 멈춰!"

그리고 그는 그대로 문을 박차고 밀실을 나가 버린다. 그것
으로 면담은 끝났다.

이후 미국 정보 당국에서 한국 정보 당국에 즉각적으로 요
구해 온 것은, 두 사람의 면담을 녹화한 자료를 완전하게 삭제
하라는 것이다. 한국 정보 당국은 특별한 이의를 제기하지 않
고 그 요구를 수용한다. 다만, 미국 측이 더 이상 무명부대와
관련한 어떠한 언급이나 문제 제기도 하지 않는다는 전제 조
건으로!

제1장

—

특별한 공감

그가 먼저 시작할 수 있는 일은 없다

IS에 의한 한국인 인질 납치 테러 사건이 종결된 후 김강한은 다시 은둔자로 돌아가 아주 조용한 시간을 보내고 있다. 기본적인 생활을 위한 최소한의 활동을 빼고는 일체의 외부 접촉을 끊고 지내는 것이야 이제 제법 익숙하여 그리 어렵거나 불편할 것은 없다고 하겠다. 다만 이번에 알게 된 구마천의 존재는 내내 그를 경각시키고 있다.

역사상 존재했던 그 어떤 제국보다도 월등히 압도적인 무력과 재력과 권력과 정보력 등의 총체적인 역량을 보유하고, 보이지 않는 중에 세계를 주무르고 있다는 최강의 조직 구마천! 그곳을 지배하는 천주들의 능력은 엄청난 수준에 올랐으며, 특히 대천주인 심마의 경우에는 더 이상 이룰 것도 없고 오를 것도 없는 가히 절대의 경지에 도달했다고 하지 않는가? 그러한 얘기들이 그를 간단히 속수무책의 지경에 빠뜨리고 지옥의 고통을 선사했던 독마에게서 나왔다는 데서, 김강한은 그 경각과 위협의 무게를 실감하지 않을 수 없다.

그러나 그로서는 수용할 수밖에 없는 노릇일 터다. 한계는 여전히 분명하다. 그들 구마천이 스스로 모습을 드러내 그의 앞에 나타날 때까지는, 기다리는 것 외에 그가 먼저 시작할 수 있는 일은 없다. 아직은!

조금쯤의 생각의 변화

구마천에 대한 경각과 경계심에도 불구하고 김강한의 생각에는 조금쯤의 변화가 생긴다. 시간에 대한, 시간의 가치에 대한 관점에서다.

시간은 멈춰 있지 않는다. 그 누구를 위해서도, 그 어떤 형편에도 불구하고 결코 기다려 주지 않는다.

그리하여 그것이 아무리 심각한 위협이라고 할지라도, 그 위협을 회피하기 위해 다른 소중한 가치들을 기약조차 없이 그저 무작정 뒤로 미루고 보류해 둔다면, 흘러가는 시간과 시간 속에서 그 소중한 가치들마저 순간순간 쇄락하고 소멸되고 만다.

지금 이 순간에 그와 그녀의 시간도 그렇게 속절없이 지나가고 있는 것이다.

그런 일탈을 감행하게 된 데는

김강한은 가끔씩이라도 진초희를 보기로 한다. 이를테면 일탈이다. 구마천이라는 거대하고도 위험천만한 위협이 그를 주목하고 있고, 또 언제 어떤 방식으로 들이닥칠지 모르는 상황에서 무모하게 감행하는 차라리 도발적인 일탈!

그것으로 인해 그녀를 그리고 또 다른 그의 소중한 사람들까지도 심각한 위험에 빠뜨릴 수 있을 것이다. 그러나 그것으로 인해 얻어지는 그녀와의 행복한 시간들 또한 너무도 소중하다. 거대한 위협과 심각한 위험을 감수하고라도 놓치지 말아야 할 만큼의 충분한 가치가 있다. 그리하여 그가 감행하기로 한 이러한 도발과 일탈은 오히려 뒤늦은 깨달음이라고 하겠다.

또 한 가지! 그가 그런 일탈을 감행하게 된 데는, 다시 한 단계 비약(飛躍)한 스스로의 능력에 대한 자신과 자부도 있는 것이다. 즉, 만약의 어떤 위험에 직면하게 된다고 하더라도, 어떤 상황에서든 그녀를 지켜낼 수 있다는 자신감이다.

그 역시도 굳이 세세하게는 말해주지 않았다

보통의 여느 커플들처럼 평범한 데이트! 그런 데이트를 즐기는 것이야말로 김강한과 진초희가 늘 꿈꾸고 소원해 오던 바였다. 그런데 두 사람은 이윽고 그 바람을 실현하고 있는 중이다.

그러나 막상 그가 그녀를 만나는 데는 마치 비밀의 첩보 작전을 펼치는 것 같은 치밀하고도 은밀한 과정을 매번 거쳐야만 한다. ASF 즉, 최첨단 스텔스 요새 말이다. 광대한 자연 대지의 지상과 지하에 비밀스럽게 구축된 그 거대하고도 비밀스러운 요새는, 이제쯤 최유한 박사가 장담했던 바의 그야말로 철옹성이라 할 만큼의 강력하고도 은밀한 방어 능력을 거의 완성시킨 단계라고 한다. 어둠이 내릴 무렵! 그 요새에서 사뭇 동떨어진 곳에 있는 평범한 전원주택촌! 그중에서도 마을 안쪽의 끝자락에 위치한 주택 한 채의 차고(車庫)가 그와 그녀의 첫 접점(接點)이다.

그녀가 그곳까지 오는 데는 특별한 경호 시스템이 작동한다는데, 그것이 어떤 것인지에 대해 그는 굳이 세세하게 알려고 하지 않는다. 최유한 박사가 특별하다고 했으니 믿으면 그만이다. 그 역시도 자신이 그곳까지 어떻게 가는지에 대해 굳이 세세하게는 말해주지 않았다. 그가 천공행결과 능이에 의지하여 제법 험준한 산줄기를 줄곧 타고 넘는다는 것에 대해!

어둠 속에서 승용차 한 대가 조용히 차고를 빠져나간다. 그리고 승용차는 곧장 마을의 이면도로로 빠져나가기에 마을 사람들과 마주칠 일은 없다. 더욱이 앞 유리까지 짙은 선팅을 해서 안에 탄 사람이 보이지도 않는다. 운전하는 사람이 없이 자율주행을 하는 그 무인 자동차는 인근 도시의 지하철역에 두 사람을 내려주고는 저 혼자서 다시 차고로 복귀한다. 그리고 두 사람이 데이트를 끝내고 돌아올 때 다시 지하철역으로 나올 것이다. 마찬가지로 저 혼자서!

정말 좋다! 그냥 함께여서!

비가 부슬부슬 내리기 시작한다.

김강한은 편의점에서 비닐우산을 하나 산다. 비싸지도 않고, 두 사람이 함께 쓰기에는 아무래도 작아 보이는 우산을 굳이 하나만!

좋다!

툭!

투~둑!

투두~둑!

우산 위로 빗방울 떨어지는 소리가 좋다. 투명한 비닐 위로 빗방울이 송송 맺히는 광경도 좋고! 슬쩍 팔짱을 껴온 그녀로부터 전해지는 따뜻한 체온은 더 좋고!

좋다! 그냥 좋다! 정말 좋다!

이렇게 그녀와 함께 비를 맞을 수 있어서! 작은 비닐우산 안에서 함께 같은 곳을 바라볼 수 있어서! 서로의 따뜻한 체온을 느끼며 함께 숨 쉴 수 있어서! 그냥 함께여서!

여기서 더 바란다면

사람의 욕심이란 건 정말 끝이 없나 보다. 이미 좋은데, 정말로 좋은데, 그래도 또 하고 싶은 게 생기니 말이다. 그는 갑자기 먹고 싶어진다.

곱창이다! 비도 오고, 그녀도 곁에 있고, 거기에 다시 노릇노릇하니 잘 구워진 곱창 한 점에 소주 한 잔을 곁들이면……! 그야말로 더는 바랄 것이 없겠다 싶다.

사실은 예전에 무슨 얘기 도중에 그가 곱창 얘기를 한번 꺼낸 적이 있다. 그때 그녀는 곱창을 그렇게 좋아하지 않으며 보

통의 다른 여자들처럼 다이어트의 적이라고 꺼려 하기까지 한
다고 했었다. 그러니만큼 비만 오지 않았다면! 그래서 이렇게
유난스럽게 당기지만 않았으면! 그가 굳이 곱창 얘기를 다시
꺼내지는 않았을 것이다.

"비가 와서 그러나? 갑자기 곱창이 확 당기네?"

일단 툭 던져놓은 다음에 그는 그녀의 반응을 살핀다. 대번
의 거부 반응만 없으면, 자신이 지금 얼마나 곱창구이를 먹고
싶은지에 대해 재빨리 호소를 더해 볼 참이다. 그러나 그가
그럴 필요까지는 없다.

"가요!"

"……?"

"곱창 당긴다면서요?"

그는 갑자기 뭉클한 감동에 젖는다. 행복하다. 이제 정말
로, 더는 바랄 것이 없다! 여기서 더 바란다면… 그건 도둑놈
심보다!

삶의 냄새랄까?

맛집들이 모여 있다는 먹자골목 안으로 조금 들어가자 커
다랗게,

[3대째 50년 전통의 명품 곱창]

그런 간판을 달고 있는 가게가 하나 나온다. 밖에서 흘깃 살피자니 제법 넓어 보이는 가게 안은 세월의 흔적들이 곳곳에서 묻어나고, 크고 작은 테이블들은 손님들로 가득하다.

자리가 없나 했더니 후덕한 인상의 중년 남자가 잰걸음으로 나와서는 웃는 얼굴로 묻는다.

"두 분이세요?"

김강한이 그렇다고 하자 남자는 마침 자리가 있다며 가게 안으로 안내를 한다. 가게 안쪽 중간쯤의 구석진 곳에 딱 두 사람이 앉으면 맞춤이겠다 싶은 원탁이 하나 비어 있다.

김강한이 진초희에게 의자를 빼주고 자신도 하나를 당겨 앉으면서 보니 맞은편의 벽에 대형의 액자 하나가 걸려 있다. 바깥의 간판에서 보았던 '3대째 50년 전통의 명품 곱창'이라는 글귀 아래로 세 장의 사진이 들어 있는데, 그중 가운데의 사진에 방금 두 사람을 안내했던 중년 남자가 활짝 웃는 모습으로 있다. 인상이 좋다 싶더니 아마도 3대 중 2대째의 가게 주인인 모양이다.

불판을 가운데다 두고 두 사람이 잠시 멀거니 서로를 바라보고 있는데, 새삼스레 사방에서 곱창 굽는 고소한 냄새가 몰려든다.

그리고 여기저기에서 들려오는 얘기 소리들! 친구들끼리 술잔을 나누며 주고받는 짓궂은 얘기. 직장 동료들끼리 회식이라도 하는지 한바탕 와자하니 웃는 소리들. 가족끼리 왔는지 늙수그레한 목소리와 아이들의 앳된 목소리들이 한데 섞여 나누는 얘기들. 연인들인지 사뭇 심각하지만, 사실은 달콤한 밀당의 얘기들. 온갖 종류의 얘기들이 뒤섞이고 있다. 그러나 그것들은 마치 자신들만의 고유한 주파수라도 가지고 있는지 서로 방해받지 않고, 또 방해하지도 않고 각자의 대화를 여유롭게 이어가고 있다.

김강한은 잠깐이나마 그 얘기들에 귀를 기울여 본다. 어느 하나의 얘기를 듣는 건 아니다. 그냥 그 다양한 소리들 사이에서 느긋하게 즐기는 마음으로 된다. 사람들! 그리고 그들이 살아가는 삶의 냄새랄까? 맛이랄까?

이름이 참 예쁘네요!

"안녕하세요? 주문 도와드릴까요?"

총총걸음으로 다가온 여종업원이 친절하게 말을 붙인다.

"모둠 곱창구이로 2인분……."

김강한이 주문을 하다가는 짐짓 진초희의 눈치를 보는 시늉으로 슬쩍 주문을 고친다.

"아니, 3인분 주세요!"

진초희가 설핏 실소를 머금는 중에 여종업원이 다시 묻는다.

"술은 필요 안 하세요?"

밝고 명랑한 목소리가 조금은 앳되다 싶어서 김강한이 그제야 흘깃 여종업원의 얼굴을 보게 된다. 귀여운 상이면서 착해 보여, 누구에게나 호감을 받을 법한 인상을 지닌 아가씨다. 나이는 이제 기껏 스물하나나 둘쯤 되었을까? 그럼으로써 아마도 고정적으로 일하는 종업원이기보다는 바쁜 시간대에만 일하는 시간제 알바이지 싶다. 어쨌거나 술이 필요 안 할 리야 있나?

"그거 있죠……? 진로… 오리지널?"

김강한의 말에 확신이 부족한데, 여종업원이 잠깐의 생각 끝에 반문한다.

"혹시 참이슬 오리지널이요?"

"아니, 참이슬 말고 진론데……?"

김강한이 고개를 가로저을 때다.

"세희 씨!"

진초희가 불쑥 끼어든다.

"네?"

여종업원이 설핏 당황스러워하는 반응인데, 김강한은 그제야 아가씨의 가슴에 이름표가 달린 것을 본다.

[세희]

"이름이 참 예쁘네요. 진짜 이름 맞아요?"

다시 말을 건네는 진초희에 대해 아가씨, 세희가,

"예? 아… 예!"

하고 조금은 당황스러운 듯, 또 조금은 수줍은 듯이 웃으며
답한다.

참으로 예외적인 모습

김강한이 조금쯤 어색하다. 진초희가 시간제 알바이지 싶
은 여종원원 세희의 이름에 대해 관심을 표한 것에 대해서는
아니다. 혹시 세희의 입장에서는 불편할 수도 있겠지만, 그러
나 기왕에 명찰을 달고 있는 것이니 가볍게 넘어갈 수 있는
문제이리라!

다만 김강한이 어색하다는 것은 진초희의 평상시와는 사뭇
달라 설핏 낯설기까지 한 모습에 대해서다. 진초희는 본래 조
용하고 조심스러울 정도로 신중한 성격이다. 그와 둘만 있을
때는 이제 곧잘 웃기도 하고 이런저런 수다도 떨고 하지만, 지
금처럼 사람들 가운데 섞이는 자리에서는 그런 모습이 전혀
없다. 심지어 그녀에게 가장 가깝다고 할 재단의 사람들에게
조차도 여전히 필요 이상의 곁을 내주지는 않고 있을 정도다.
그러니 그에게는 연인이자 세상에서 가장 소중한 사람이긴 하
지만, 보는 시각에 따라서는 굉장히 까다롭고 어려운 성격이

라고 해도 크게 반박할 말은 없으리라!

그런데 그런 그녀가 오늘 처음 보는, 그것도 식당에서 손님과 서빙하는 알바로 만난 관계일 뿐인 어린 아가씨에게, 이런 정도로 쉽고도 친근하게 말을 걸고 관심을 보인다는 건 참으로 예외적인 모습이라고 하지 않을 수 없겠다.

이 남자 정말로 건강하긴 하다

"이 사람이 평상시엔 똑똑한 편인데 이상하게도 술에 관한 얘기를 할 때면 매번 사람을 혼란스럽게 만들곤 해요. 그러니까 세희 씨가 이해를 하세요!"

진초희가 이제는 어색하나마 농담까지 건넨다.

"아, 네……!"

세희가 생각 없이(?) 모호한 수긍을 하고는 다시,

"훗!"

하고 실소를 뱉고 만다. 그러더니 또,

"어머! 죄송해요!"

하고 사과를 하며 당황스러워한다. 그 잠깐 사이의 연이은 반응들에 진초희가 빙그레 미소를 떠올리며 부드럽게 묻는다.

"진로에서 나온 25도짜리 소주 있죠?"

"아! 진로 골드를 말씀하시는 것 같네요!"

"그래요, 맞을 거예요. 그걸로 한 병 주세요!"

그러나 진초희는 이내 가볍게 미간을 찡그린다. 김강한이 슬쩍 손가락 세 개를 펴 보인 때문이다.

'그래도 세 병은 시켜야지 한 병이 뭐야?'

항의일 터다. 혹은 호소이던지! 사실은 김강한의 음주에 관한 한 그녀도 이미 인정 내지는 포기를 하고 있는 중이다. 처음에는 말려보기도 했었다. 건강을 생각해서라도 좀 적당히 마시라고! 그러나 이 대책 없는 남자는 아무리 독한 술을 퍼붓다시피 마셔도 멀쩡하다. 그리고 자기는 술이 독할수록 또 많이 마실수록 오히려 건강에 좋단다. 당연히 믿지 못할 말이다. 그러나 이 남자 정말로 건강하긴 하다. 이 남자보다 건강한 남자는 아직 보지 못했을 정도로! 그러니 무작정 말리지도 못하겠다.

예쁘네!

"25도짜리는 찾는 분이 잘 없으세요. 더욱이나 여자분과 함께 마시기에는 너무 독해서……!"

세희가 슬쩍 끼어든다. 은근히 진초희의 편을 드는 것이리라! 그런 눈치 빠름이 싫지는 않아서 진초희가 세희를 향해

가볍게 웃어준다. 그러나 김강한이,

"그래도 난 세 병!"

하고 아랑곳없이 강조를 한다. 그런 데는 진초희가 어깨를 으쓱해 보이는 시늉으로 짐짓 흔쾌하게 받아준다.

"그래요. 세희 씨! 세 병 줘요! 취해서 쓰러지면 내가 책임지지 뭐!"

그 농담 섞인 말에는 세희가,

"어머? 정말요?"

하고 또한 농담의 리액션을 해준다.

"왜? 내가 책임 못 질 것 같아요?"

진초희가 짐짓 정색으로 다시금의 농담을 건네는데, 그런 모습에 대해 김강한은 이제 의아할 정도로 낯설다. 그런데 진초희의 정색의 농담은 세희에게도 사뭇 당황스러웠던 모양으로,

"아… 죄송해요! 전 그냥……!"

하고 고개를 숙인다. 그런 데는 진초희가 덩달아서 당황하는 기색으로 되지만 곧바로 수습에 나선다.

"이건 비밀인데, 세희 씨한테만 살짝 말해주는 거예요. 사실은 나, 힘 무지 쎄요! 특히 이 사람한테는 엄청! 어느 정도냐 하면, 이 사람이 아무리 고주망태가 되었어도 내가 성질 한 번만 부리면 대번에 벌떡 일어나서 멀쩡하게 자기 발로 걷거든요."

세희의 두 눈이 짐짓 동그랗게 만들어진다. 진초희가 계속 농담을 하고 있는 것을 알고 다시 장단을 맞춰주는 모양새다. 그래도 억지로거나 형식적으로 하는 걸로는 보이지 않아서, 둘은 제법 짝짜꿍이 잘 맞는 것 같다. 세희가 종업원 유니폼을 입고 있지 않았다면 두 사람을 자매간으로 보는 사람들도 있겠다 싶다.

"잠시만 기다려 주세요! 금방 차려 드릴게요!"

세희가 총총걸음으로 주방을 향해 가는데 그 뒷모습을 가만한 미소로 보고 있던 진초희가 혼잣말처럼 말을 꺼내놓는다.

"예쁘네!"

오리지널 소주 예찬

모둠 곱창구이에는 염통과 곱창에 대창, 그리고 감자, 부추, 숙주, 양파 등이 다양하게 들어가 있다. 또 곱창이 익는 동안에 먹으라고 간과 천엽 그리고 따끈한 선짓국이 나온다. 그밖에도 기름장에 양념장이며 고추절임에 동치미까지… 테이블 위의 공간이 빠듯할 정도로 푸짐하다. 김강한이 우선은 소주부터 한 잔을 비운다.

"캬~아!"

목구멍을 타고 내려가는 짜릿한 맛에 김강한이 절로 탄성을 뱉는다. 사실 위스키나 다른 독주들과 비교하면 25도가 그렇게 독한 편에 속한다고는 할 수 없겠다. 그러나 25도짜리 소주가 주는 특유의 짜릿함은 또 특별한 데가 있다.

"역시 쐬주는 오리지널! 진로 오리지널!"

탄성까지는 별 무반응으로 넘어가 주더니 김강한의 다시 이어지는 찬사에는 진초희가 더는 못 봐주겠다는 듯이 핀잔을 쏘고야 만다.

"참, 나! 지금 무슨 광고 찍어요? 그리고 그새 또 오리지널이에요? 골드라고 했잖아요?"

"그러게. 내가 왜 자꾸 오리지널이라고 하지?"

김강한이 짐짓 능청으로 받고는 슬쩍 눈치를 살피며 소심한 뒤끝을 보탠다.

"내가 평상시엔 꽤 똑똑한 편인데 이상하게 술에 관한 얘기를 할 때면 사람을 혼란스럽게 만들곤 하니까, 그 점은 그대가 이해를 하세요!"

그러나 진초희가 대번에 눈매를 샐쭉하게 만들며 째려보자, 그 따가운 시선 한 방에, 그가 얼른 소주 한 잔을 다시 비워 내며 딴청을 부린다.

"크으~으! 좋다. 진로 오리지널, 아니, 골드 두 잔에 시가 절로 나오네!"

이어 지그시 실눈을 만든 그가 딴청을 이어간다.

"그 이름 잊히지 않고!"

"훗!"

진초희가 실소하고 만다. 그러나 한편으로는 약간의 기대감 같은 것도 생기는지 그만두라고 말리지는 않기에, 김강한이 기왕의 능청으로 목소리를 가다듬는다.

"그 술잔

마르지 않으니

정통 소주의 맥은

그렇게 흐르고

또 흐른다."

그저 멀뚱하기만 할 뿐이다

낭송(?)을 마치고 어깨를 으쓱해 보이는 김강한에 대해 진초희는 그제야 뭔가 석연찮다는 표정이다. 그런데 그때다. 마침 옆 테이블에서 서빙을 마친 세희가 진초희의 옆을 무심한 듯이 지나가며 테이블 위의 소주병 하나를 슬쩍 그녀 앞으로 밀어놓는다. 설핏 의아해하던 진초희가 이내 피식 실소를 뱉고 만다. 소주병의 라벨지에 방금 김강한이 읊었던 시(?)가 그대로 인쇄되어 있는 걸 발견한 때문이다. 저만큼 가던 세희가 힐끗 뒤돌아보더니 가볍게 미소를 비친다.

그런데 그게 무슨 문제가 되었을까? 세희의 미소와 마주치는 순간 진초희는 느닷없이 웃음이 터지고 만다.

"풉~!"

그녀 또한 가벼운 미소 정도로 받아주면 될 일이지 그렇게 웃음이 터질 상황은 전혀 아닌데, 까닭 없이 그리고 느닷없이 웃음이 터져 나온 것이다. 그런데 그걸 본 세희가 마치 감염이라도 된 듯이 또한 웃음을 터뜨리고 만다.

"푸~흡!"

그리고 두 여인은 서로의 웃음이 서로에게 강력한 기폭제로 작용이라도 하는 듯이 곧장 자제할 수 없는 웃음 사태에 빠져 버리고 만다.

"푸후~훗!"

"푸흐흐~흡!"

결국은 세희가 손으로 입을 틀어막으면서 도망치듯이 주방쪽을 향해 총총걸음으로 뛰어가 버리고, 진초희는 두 손으로 얼굴을 감싼 채로 아예 테이블에 엎드리고 만다. 그런 채로도 두 여자는 계속 터져 나오는 웃음과의 힘겨운 싸움을 한참 동안이나 더 벌인다.

다른 사람들은 눈치채지 못했을지 모르겠다. 그러나 두 여자의 그 힘겨운 싸움의 최초 원인 제공자로서 김강한은, 그것이 전개되는 과정을 리얼하게 지켜보았다. 그러나 그런 그녀들의 모습에 대해서는 도무지 이해도 공감도 하기 어려우니 그저 멀뚱하기만 할 뿐이다.

곱창 찬가

지글지글!
곱창이 익어간다.
꿀~떡!
김강한이 입안 가득 고인 침부터 삼키고 나서,
쭈~욱!
소주 한 잔을 비워낸다.

그리고 노릇노릇하니 잘 구워진 곱창 한 점을 집어서 겨자 양념장에 찍고 조심스럽게 입으로 가져가는데, 무슨 의식이라도 치르듯이 사뭇 엄숙하기까지 하다.

살짝 깨물자 곱창 안에 가득 찼던 곱이 삐져나온다. 이어 천천히 씹자 부드러운 곱이 입안 가득히 골고루 퍼지는데, 아아! 그 형언하기 어려운 식감과 맛이라니!

그는 지그시 두 눈을 감은 채로 가슴 벅차게 밀려드는 감동을 만끽한다.

보통의 연인들처럼

진초희는 촉촉한 눈빛으로 김강한을 보고 있다. 그 촉촉함이 방금 전에야 겨우 추스른 그 까닭 모를 웃음 사태의 산물인지, 아니면 기껏 곱창 한 점에 감동(?)하는 연인의 모습을 지켜보는 그야말로 사랑의 눈빛인지는 모를 일이다. 그렇게 잠시 김강한이 하는 모양을 지켜보고만 있더니 그녀도 이윽고는 조심스럽게 곱창 한 점을 입에 넣어본다.

투~둑!

입안에서 부드러운 곱이 터진다. 그러나 그녀가 좋아할 만한 식감도, 맛도 아니다. 그렇더라도 그녀는 지그시 두 눈을 감고 애써 느껴본다. 연인이 느끼는 맛과 감동을 최선을 다해 공감해 보려고 한다.

사실은 공감의 유무 혹은 그 정도와는 무관하게 그녀는 이미 행복하다. 그가 만족하고 행복해하는 모습만으로도! 그들은 지금 행복을 누리고 있다. 보통의 연인들처럼! 그리 특별하지도 않은 일에도 쉽게 감동하고, 또 그 쉬운 감동에 맘껏 공감하려 애쓰며!

조금쯤은 음흉한 계산

치~익!

치지~익!

함께 나온 백김치를 불판 위에 올리자 나는 소리다. 곁을 지나가던 세희가 추천해 준 팁이다. 잘 구워진 백김치에 곱창을 싸서 먹는 것도 또 하나의 별미라고!

김강한이 이제쯤에는 폭풍 흡입을 멈추고 비율 안배에 들어가 있는 중이다. 소주 세 병을 이미 다 비워 버렸으니, 몇 병쯤 더 마시고 싶은 욕심에서다.

그러나 이미 3인분을 시켰고, 진초희의 젓가락질 속도는 진작부터 확연할 정도로 느려진 뒤다. 그런 터에 그 혼자서 먹자고 추가로 주문을 하기는 좀 그렇지 않은가? 그러니 이제부터라도 안주를 아끼는 수밖에! 다행히 불판 위의 곱창은 아직도 예닐곱 점이나 남아서, 아껴서 먹으면 소주 두세 병쯤은 너끈해 보인다.

그가 소주 몇 병쯤을 더 마시고 싶은 데는 사실, 다른 계산이 있기도 하다. 취한 척하고 싶은 것이다. 그래서 술 좀 깨고 가자는 핑계로 그녀를 좀 더 잡아두려는! 조금쯤은 음흉한 계산!

그러나 그가 취하지 않았다는 사실을 알면서도, 아마도 모르는 체 슬쩍 속아 넘어가 줄 그녀다. 그러니 결코 나쁘거나 불법이지는 않은 계산이다.

공감 내지는 동의

"세희 씨!"

마침 곁을 지나는 세희를 김강한이 불러 세운다. 그녀는 이제 김강한이 그렇게 불러도 별로 당황하거나 어색해하지 않는 모습이다.

"네! 뭐 필요하신 거 있으세요?"

세희가 명랑한 투로 묻는다.

"소주 세 병만 더 부탁해요! 오리지널, 아니, 골드로!"

그러자 세희는 설핏 놀란 얼굴이 되고 만다. 홀을 오가면서 김강한이 혼자서 25도짜리 소주 세 병을 그야말로 폭풍 흡입하는 걸 보았으니, 그녀도 이제쯤에는 김강한이 대단한 주당이라는 것을 인정하지 않을 수 없다. 그런데 다시 세 병을 더 달라니?

그녀가 지난 몇 달간 알바를 하면서 경험한 바로는 25도짜리 소주를 가장 많이 마신 경우는 한 테이블의 두 명이 나눠 마신 다섯 병이다. 당시 그들은 무슨 이유로 아주 작정을 한 듯이 비장하기까지 한 모습들로 다섯 병을 비워냈고, 그 결과 둘 다 만취해서 크게 비틀거리는 걸음으로 겨우 가게를 나갔다.

그런데 지금 혼자서 세 병을 마시고 그게 부족하다고 다시 세 병을 더 시키는 이 남자에 대해서는, 세희의 시선이 어쩔 수 없이 진초희에게로 향한다. 진짜로 세 병을 더 가지고 와도 되겠느냐고 확인을 구하는 것이다.

진초희가 설핏 인상을 쓴다. 물론 김강한을 향해 쓰는 인상이다. 그러나 그녀는 이내 포기한 듯이 혹은 수긍한 듯이 세희에게 고개를 끄덕여 보인다.

"네……! 그럼……!"

진초희에게 허락이라도 받은 양의 안도(?)와, 그래도 여전히 놀람을 다 지우지는 못한 얼굴로 세희가 총총 주방 쪽으로 향한다.

새삼스레 쏘아보는 진초희의 시선을 슬쩍 뭉개면서 김강한은 가만히 혼자만의 미소를 지어본다. 만족의 미소다. 그녀의 허락이 떨어졌다. 그것은 곧, 그의 '조금쯤은 음흉하지만, 그러나 결코 나쁘거나 불법이지는 않은 계산'에 그녀가 공감 내지는 동의를 했다는 것이 아닐까?

얼마든지 더!

"이거… 모둠 곱창구이였죠?"

진초희가 물은 데 대해 김강한이,

"응!"

하고 별생각 없이 고개를 끄덕여 준다. 그런데 진초희가 다시,

"우리 2인분만 더 시켜요!"

하는 데 대해서는 문득 의아하지 않을 수 없다. 추가로 시킨 세 병의 소주도 이제 막 다 비워서, 아끼고 아껴두었던 불판 위의 곱창 두 점을 한입에 처리하려는 터에 말이다.

"응? 난 이제 됐는데……?"

그의 반응이 뜨뜻미지근할 수밖에 없는데, 그녀가 보다 분명하게 의지를 보인다.

"난 조금 더 먹으려구요!"

이건 또 무슨 소린지? 지금까지 소주 여섯 병과 함께 3인분의 거의 전부를 그 혼자서 먹어치울 동안에, 그녀는 기껏 서너 점이나 먹었을까? 그저 먹는 시늉만 하더니, 이제 와서 더 먹겠다는 건 또 무슨 심사일까?

그러나 그녀의 의사 표시가 사뭇 단호하기까지 한 느낌이라는 데서는, 그가 다시 토를 단다든지 더욱이 만류나 제지를 한다는 것은 결코 현명한 행동이 아닐 것이다.

"그래? 그러지, 뭐!"

짐짓 시큰둥한—아주 약하게— 투로 동의를 하지만, 그로서도 싫을 것까지는 없다. 먹자면 얼마든지 더 먹을 수도 있다.

물론 처음의 감동스럽기까지 하던 맛이야 이제는 나지 않지만 그래도 여전히 질리지 않는 맛이 있고, 더욱이 소주도 함께라면 얼마든지 더! 그리고 그녀의 분위기로 보아서는 소주 두어 병쯤을 더 추가하자고 해도 뭐라고 할 것 같지는 않은 눈치다.

"그리고 소주도 두 병 더!"

그의 베팅에 그녀가 간단히 고개를 끄덕인다.

사람의 일이란 알 수가 없다더니

눈치! 진초희의 과다 주문(?)은 결국 눈치 때문인 것 같다. 즉, 그녀가 세희에게 혹은 그녀들이 서로에 대해 각별한 관심과 호감을 느낀다고 해도, 어쨌든 손님과 종업원의 관계인 이상에는 사장과 다른 종업원들의 눈치를 보지 않을 수는 없는 것이리라!

사실 세희는 진작부터 오며 가며 김강한과 특히 진초희를 세심하게 챙겨주고 있는데, 그런 모습은 다른 테이블에 하는 것과 비교가 될뿐더러 종업원으로서의 일반적인 친절을 넘어서는 사뭇 특별한 성의로 보일 수도 있겠다. 그런데 종업원의 입장에서는 특정 손님에 대해서 호감이 간다고 해서 표시가 나도록 유난한 친절과 서비스를 제공해서는 곤란한 것이고,

손님 또한 특정 종업원을 독점하다시피 붙잡아놓아서는 안되는 것이 아니겠는가?

하지만 자본주의사회가 아닌가? 돈이면 웬만한 문제는 다해결이 되는 것 아닌가 말이다. 즉, 주문을 추가하면 손님은서비스를 추가로 받을 권리가 생기는 것이고, 그런 권리가 생긴 다음에는 마음에 드는 특정 종업원을 조금 더 붙잡아놓는게 굳이 문제가 될 건 아닐 것이다. 물론 강요나 강제가 개입된다면 또 전혀 다른 문제가 되겠지만!

어쨌거나 추가로 주문한 모둠 곱창구이 2인분과 소주 두병을 세희가 가지고 오면서, 두 여인은 잠시 동안이나마 눈치보지 않고 이런저런 얘기를 나눌 수 있게 되었다.

덕분으로 김강한은 아주 포식을 하게 되었다. 진초희의 눈치를 보면서 겨우 올 수 있었던 곱창집인데, 어쩌다 보니 또이렇게 배가 터지도록 포식을 하게 될 줄이야! 사람의 일이란알 수가 없다더니, 바로 이럴 때 쓰라고 있는 말일까?

다행이다

김강한에게도 이제는 세희가 사뭇 달라 보인다. 진초희의각별한 관심 때문에라도 그 또한 유심히 살펴본 까닭도 있겠지만, 그는 세희에게 처음의 밝고 명랑하던 것과는 또 다른

분위기가 있음을 알게 되었다. 그리고 어쩌면 그런 다름이야
말로 세희 본래의 모습일지 모른다는 생각을 하던 중에, 그는
다시 문득 발견한다.

'닮았다!'

그러고 보니 닮았다. 아주 묘할 정도로! 진초희와 세희 말
이다.

딱히 어디가 닮았다는 게 아니라, 이미지가 비슷하다. 뭐랄
까? 알바로서 역할에 충실하려 애써 밝고 명랑한 웃음을 짓
고 있지만, 그런 모습의 안쪽에 은근하게 스며 있는 조용하면
서도 깊이 있는 분위기 같은 것! 단아하고 기품 있는 느낌들
말이다. 비록 그로서는 더 이상의 설명을 보태기 어렵지만 여
하튼 그런 닮음에 대해, 그들 두 사람은 설명이나 이해할 필
요조차 없는 그야말로 공감을 이루고 있는 것이리라!

'첫눈에 반한다!'

그런 말도 있지만—비록 그것이 주로는 남녀 간에 쓰이는
말이긴 하지만—, 어쨌든 지금 진초희는, 또 세희는, 서로에게
그런 정도의 어떤 묘한 끌림 같은 걸 느끼고 있는 것일까?

'어쨌든 다행이다! 세희가 남자가 아니어서!'

김강한은 스스로 생각하기에도 괜스럽다 싶은 안도를 느낀
다. 만약 세희가 남자였다면 그는 지금쯤 사뭇 긴장된 경계심
과, 또 어쩌면 불타오르는 질투심에 빠져 버렸을지도 모르겠

다는, 또한 괜스러운 가정을 해보면서!

그런 정도까지 가는 건

"세희 씨 성은 뭘까? 성까지 더해지면 아마도 더 예쁜 이름 이겠지?"

진초희가 슬쩍 돌려 묻는 말에,

"그렇게 예쁜 이름 아닌데……."

세희가 조금은 수줍은 투로 되지만, 그러면서도 크게 당황 스럽거나 더욱이 경계하지는 않고 수수롭게 대답을 준다.

"진이에요. 진세희!"

진초희의 두 눈이 설핏 커진다. 미처 생각해 보지 못했던 우연에 대한 놀람이리라! 그러나 그녀는 가만히 놀람을 누르 며 다시 묻는다.

"늘어놓다, 펴다 할 때의 그 진(陳)?"

"예! 그 진 맞아요!"

"아……!"

진초희가 이윽고는 나지막한 탄성을 흘리고야 만다. 그러나 그 탄성은 너무 작아서 곁에서 진작부터 그녀에게 주의를 기 울이고 있던 김강한에게나 들렸을 정도다.

사실 김강한도 놀랍기는 하다. 진세희와 진초희! 뭔가 비슷하다는 느낌이 확 드는 것이다. 같은 성에다, 더욱이 돌림자?

　기왕에도 두 사람이 닮았다고 생각하던 중인데, 이런 우연까지 더해지고 보니 마치 그 둘 사이에 지금까지 당사자들도 전혀 모르고 있던 뭔가 비밀스럽고도 특별한 혈연관계라도 있을 것 같은 사뭇 엉뚱한 상상으로 번지기까지 한다.

　그러나 그런 정도까지 가는 건 그야말로 막장 드라마일 것이다. 진씨(陳氏)가 그렇게 흔한 성은 아니지만 그렇다고 희성(稀姓)이라고 할 것까지는 아니니, 그 숫자가 적어도 몇만, 몇십만은 될 것이다. 그런 중에 '희' 자가 들어가는 이름은 또 얼마나 있을 것인가 말이다.

어떤 자만이 있었던 건 아닐까?

　진초희는 자신의 이름을 밝히지는 않는다. 괜히 조심스러워서다. 그녀의 성격이 원래 그런 것이지만!

　대신 그녀는 한층 자연스럽고도 친근하게 이런저런 것들을 물어본다. '알바는 얼마나 했느냐?', '왜 하게 되었느냐?' 역시 손님과 종업원 사이에 오가기에는 별로 어울릴 법하지 않다고 하겠지만, 두 사람 간에는 서로에 대한 호감을 바탕으로 이미 어느 정도의 신뢰가 구축된 듯하다. 묻는 진초희도 사뭇 편한 말투이고, 세희도 자칫 민감할 수 있는 사적인 내용까지도 순순히 대답을 해준다.

세희는 올해 대학교 4학년이란다. 곧 졸업을 앞두었지만 취직이 쉽질 않아서 한 학기나 길게는 일 년 정도 졸업을 늦추기로 하고, 오후 4시부터 10시까지 하루 여섯 시간의 알바를 하고 있는 중이란다.

"하루에 6시간씩이나 알바를 하면 공부는 언제 하고?"

진초희의 물음에 저절로 걱정이 담긴다.

"졸업 이수 학점까지 몇 학점 남지 않아서 시간이 부족하거나 하지는 않아요!"

"그래도 매일 그렇게 일을 하는 건 너무 힘들지 않아?"

"조금 힘들긴 하지만, 원래 계획에 없었던 학비며 생활비까지 충당하려면 어쩔 수 없죠! 그래도 길게 잡아서 1년만 버티면 되니까, 괜찮아요!"

"그래도……! 그런데 용돈 정도는 알바해서 번다고 하지만, 학비랑 생활비는 부모님이 좀 안 도와주셔?"

진초희의 그 물음에는 세희가 설핏 당황하는 기색으로 되고, 그런 기색을 간파한 진초희가 덩달아서 당혹스러워하고, 그런 탓에 두 사람 간의 대화가 끊기고 만다. 그리고 잠시 후 세희가 혼잣말인 듯이 작은 소리로 말을 꺼낸다.

"전 혼자인걸요!"

말끝에 세희가 가만히 미소를 짓는다. 왠지 슬프게 보이는 그 미소에 순간 진초희는 그만 가슴이 철렁 내려앉는 듯하다. 그리고 이제야 알 것 같다. 다른 사람은 몰라도 그녀만은 알 것 같다. 세희의 저 눈빛과 표정에서 풍기는 느낌만으로도! 아픔이다. 외로움이다. 겪어본 사람만이 알 수 있는 짙은 연민이다.

그리고 그녀는 이윽고 진한 감정의 전이를 느낀다. 마치 그녀 자신이 세희가 된 듯이!

'아아! 그랬구나! 그래서 자꾸만 끌렸던 거구나! 그래서 자꾸만 가슴이 시린 느낌이 들었던 거구나!'

연이어서 자책과 후회가 와락 밀려든다.

'너무 가볍게 생각한 건 아닐까? 나 스스로는 진정이라고 여겼지만, 세희를 대하는 데 있어서 막상은 어떤 자만이 있었던 건 아닐까? 그래서 너무 생각 없는 말을 함부로 꺼냈고, 그로 인해 이미 세상의 풍파에 이런저런 상처들을 입었을 세희의 여린 가슴에 또 하나의 아픈 생채기를 남긴 건 아닐까?'

그때다.

"이모!"

마침 건너편 테이블에서 누군가 종업원을 불렀고, 그러자 세희가 얼른 그쪽으로 가버린다. 그녀보다 더 가까운 곳에 다른 '이모'들이 있으니, 굳이 그녀가 가지 않아도 될 터인데도!

최대한 쪼개고 베어야만 하리라!

김강한은 영 어색하다. 진초희와 세희 사이에 또 무슨 상황이 벌어진 것 같은데, 그의 가슴으로 공감을 해보기는 어렵다.

도망치듯이 가버리더니 세희는 다른 테이블들 사이를 바쁘게 오갈 뿐 그들의 테이블로는 다시 오지 않는다. 진초희의 시선이 그런 세희를 쫓고 있는 것처럼 보이지만, 막상은 그녀 스스로의 생각 속으로 깊이 침잠되어 있는 것 같다.

김강한은 조용히 술잔을 비운다. 이럴 때는 섣불리 건드리지 않는 게 좋으리라! 그녀 스스로 정리가 될 때까지 그냥 놓아두는 것이 최선이리라!

갑자기 얼큰하다. 지금까지 말짱하더니 이번 한 잔에 돌연히 취기가 올라오는 것 같다.

다행이다. 이 어색하고도 묘하게 긴장되는 상황 중에서 그라도 꿋꿋하게 버티고 있으려면 취기의 도움이라도 받아야 할 것 같으니 말이다.

그런데 아껴야 할 것 같다. 한 병이 이미 비었고, 남은 건 한 병뿐이다. 최대한 쪼개고 베어야만 하리라!

제2장
—
인연이란

굳이 들으려고 한 건 아니지만

예닐곱의 한 무리가 우르르 가게로 들어서고 있다. 그 바람에 가게 안에 가득하던 다양한 종류의 소음들이 일시 줄어드는 듯하다. 그 한 무리가 풍기는 예사롭지 않은 기세 때문이다.

그들 예닐곱의 대부분은 맞추기라도 한 듯이 짙은 색의 정장 차림에다 노타이의 흰색 와이셔츠를 받쳐 입은 차림새들이다. 그러나 그들이 보통의 화이트칼라 직장인 부류가 아니란 것을 짐작해 보기에는, 그 우람한 덩치들이 어슬렁거리며 걷는 걸음걸이와, 자신들에게 쏠리는 주변의 시선들을 아랑곳하지 않는 등등한 기세들만으로도 충분하다.

"에이! 갑자기 뭔 곱창을 먹자고 그래? 하여간 촌스러운 식성하곤……?"

그들 무리 중에서 하나가 가게 초입에서 걸음을 멈춰 서더니 못마땅하다는 투로 뱉는다. 자신은 원하지 않는데 강권에 억지로 끌려왔다는 듯하다.

그자가 일부러 목소리를 크게 낸 건 아니다. 그리고 김강한 역시도 굳이 들으려고 한 건 아니다. 그렇지만 가게 안의 소음 속에서도 김강한의 귀에는 사뭇 분명하게 들린다. 금강부동공의 공능에 의해 강화된 청력이 이럴 때는 반갑지만은 않다. 어쨌든 흘깃 시선이 가는데, 라이트블루의 재킷을 걸치고 무테안경을 낀 이십 대 후반에서 삼십 대 초반쯤으로 보이는 청년이다. 깔끔한 인상인데, 그럼으로써 무리의 나머지와는 사뭇 다른 느낌을 주는 데가 있다.

딱 보면 상황 판단이 안 돼?

"에헤이~! 일단 한번 드셔보시라니까요?"

무테안경 청년의 곁에 붙어 선, 목에 건 사슬 형태의 금목걸이가 유난스러워 보이는 덩치가 청년의 불평을 받아준다.

"아, 씨! 이 냄새는 또 어쩔 거야? 옷에 잔뜩 밸 것 아냐? 그럼 뭐, 오늘은 그냥 여기서 죽치자고?"

무테안경 청년이 다시 불평을 이어낸다. 그러나 그는 곧바로 스스로의 불평을 수용하겠다는 투로 된다.

"그래, 뭐! 비도 오고 기분도 꿀꿀한데, 오늘은 촌스럽게 한번 놀아보는 것도 괜찮겠네. 곱창에다 소주나 퍼마시면서 말이지? 그런데 박 형! 여기 진짜로 맛집이긴 한 거야?"

"에헤이~! 우리 대표님! 제가 언제 허튼소리 하는 거 봤습니까? 이 집 곱창은 다른 집 곱창하고는 아예 차원이 다르니까 일단 한번 드셔보시라니까요?"

금목걸이 덩치가 짐짓 앞장을 서며 무테안경 청년의 팔을 가볍게 잡아끈다.

그러나 가게 안은 이미 만석이다. 한두 명쯤이라면 어떻게 양해를 구하고 양보를 받아서라도 자리를 만들어볼 수 있겠지만, 예닐곱이나 되는 그들 무리가 한꺼번에 앉을 자리는 도저히 내보지 못할 형편이다. 잠시 가게 안을 둘러보던 금목걸이 덩치가 짜증이 확 치민 얼굴로 되더니, 근처를 지나던 여종업원을 향해 목소리를 내리깐다.

"어이! 지금 뭐 하고 있는 거야? 손님이 들어왔으면 앉을 자리를 만들어줘야 할 거 아냐?"

거칠게 윽박지르는 기세에 여종업원이 대번에 겁에 질려서는 대답조차 제대로 하지 못한다. 그러자 안 그래도 조심스럽게 지켜보고 있던 카운터의 사장이 재빨리 달려온다.

　"저기……! 손님들! 지금은 보시다시피 빈자리가 없습니다. 그러니 죄송하지만 가게 바깥에서 잠시만 기다려 주시면, 자리가 나는 대로 바로 안내해 드리도록 하겠습니다."

　금목걸이 덩치의 기세가 대번에 험악해진다.

　"뭐야? 지금 우리더러 도로 나가라는 얘기야? 비까지 맞아가며 기껏 찾아왔더니, 다시 나가라고?"

　"아니, 그게 아니라……."

　"안이고 바깥이고 간에, 당신이 여기 사장이야?"

　"예, 예! 그렇습니다."

　"어이! 딱 보면 상황 판단이 안 돼? 우리가 어떤 사람들인지 모르겠냐고? 뭔 말인 줄 못 알아들어? 여기서 장사 계속하고 싶으면 지금 당장 자리 마련하라는 얘기야."

　금목걸이 덩치의 억지가 이윽고는 협박으로 변한다. 그 험악한 기세에 주변 테이블에 앉은 손님들이 눈살을 찌푸리기도 하지만, 누구도 감히 표시 나게 눈총을 주지는 못한다. 자칫 눈길이라도 마주쳤다가는 엉뚱한 시비에 휘말리기라도 할까 봐 저어하는 것이리라!

"박 형! 지금 뭐 하는 거야? 조폭 티를 내려면 나 없는 데서 내야지, 나 있는 데서 노골적으로 그러면 괜히 나까지 조폭으로 오해를 받잖아?"

슬쩍 끼어든 것은 무테안경 청년이다.

"아니, 대표님도 무슨 말씀을 그렇게 하십니까? 누가 티를 낸다고……?"

금목걸이 덩치가 어색하게 웃으며 한편으로 불편하다는 기색도 슬쩍 내비치며 받는다. 그러나 무테안경 청년은 금목걸이 덩치의 그런 어색함이나 불편함 따위는 가볍게 무시해 버리면서 주머니에서 담배를 꺼내 물고는 낮게 깔리는 목소리로 뱉는다.

"하여튼 나하고 같이 있을 때는… 시끄럽지 않게! 좀 점잖하게! 최소한 쪽팔리지는 않게! 그렇게 좀 합시다?"

이어 무테안경 청년이 담배에 불을 붙이고 한 모금 삼켰다가는 허공에다 길게 연기를 뿜어내는데, 더는 토를 달지 말라는 시위 같다. 그런 데는 금목걸이 덩치가 더는 불편한 속내를 드러내지 못하고 대신 가게 사장을 향해 차갑게 표정을 굳힌다.

"보소, 사장님! 우리 대표님 말씀 들었지요? 자! 내 다시 한

번 정중하게 부탁 좀 합시다! 우린 그냥 곱창 맛이나 좀 보려
고 왔는데, 괜히 멀쩡한 사람 조폭 취급당하게 만들지 말고,
얼른 자리 좀 마련해 주시오! 예, 사장님?"

금목걸이 덩치가 말끝에 셔츠의 단추 서너 개를 풀어 확 젖
히는데, 드러난 가슴팍 맨살에는 울긋불긋 화려한 색채의 문
양이 잔뜩 새겨져 있다. 문신이다. 그리고 그것이 주는 위압감
에 가게 사장은 그대로 질린 표정이 되고 만다.

세상과 사회가 돌아가는 통상적인 방식

김강한은 소란이 일어나고 있는 쪽으로는 처음부터 아예
시선조차 주지 않고 있다. 애써 시선을 피하고 있는 중이다.
일찍부터 소란을 눈치채고 조심을 기하고 있는 일부의 손님들
과 마찬가지로, 그 또한 괜한 시비에 휘말리는 것을 피하고 싶
어서다.

물론 못마땅하고 가소롭고 눈꼴신 광경이긴 하다. 그리고
지금까지의 그는 이런 일과 맞닥뜨렸을 때 정의감에서든, 혹
은 마음에 들지 않아서든, 기분이 내키는 대로 끼어들고 나름
의 응징을 가하기도 했었다. 그가 그렇게 했던 건 어쩌면 힘
의 논리에 순응한 것일지도 모르겠다. 즉, 힘을 함부로 쓰는
자들에 대해 더 큰 힘을 가진 자로서 응징을 가한다는, 다분

히 자의적(恣意的)인 논리! 그런 것에 대해 당시에 그 스스로가 인식을 했든, 그렇지 않든!

그러나 이제 그는 스스로에 대해, 그러한 힘의 논리에 지배당할 차원은 넘어섰다는 생각이다. 그가 가진 힘이 너무 거대해진 때문이다. 즉, 가진 힘이 거대할수록 그 힘을 쓸 때에는 그에 합당한 까닭과 정당성이 있어야 한다는 것이다. 그렇지 않고 예전처럼 그저 그때그때의 기분에 따라 함부로 힘을 휘두른다면, 아예 저항할 엄두조차 내보지 못하고 무조건적으로 당하기만 해야 하는 상대의 입장에서는 너무도 불공평한 일이 아니겠는가? 상대의 잘잘못은 일단 차치하고서 말이다.

그리고 지금 이 가게 안에 있는 손님들 모두가 평범한 사람들일 뿐이라고 하더라도, 그런 때문에 감당해야만 하는 몫도 있지 않겠는가? 즉, 약자라면 감당하지 못할 강자와는 감히 맞부딪치는 대신에 지레 겁먹고 피하는 방식의 대응을 할 줄도 알아야 한다는 생각이다. 그러한 것이야말로 세상과 사회가 돌아가는 통상적인 방식이지 않을까?

혹시 가게 안의 손님들 중에는 이런 정도의 일쯤은 감당할 힘이 있는 사람이 있을 수도 있다. 또 혹은 힘은 없을지언정 훌륭한 용기가 있거나, 정의감이 투철한 사람이 있을 수도 있고! 그리하여 이제 곧 누군가 불의를 참지 못하고 나서는 사람이 있을지도 모른다. 또는 직접 나설 용기는 내지 못하더라도 휴대폰으로 경찰에 신고를 하던지 하는 다른 방식으로, 어떻게든 불법과 불의에 대응을 하려는 사람이 있을지도 모른다. 그러한 것 또한 '세상과 사회가 돌아가는 통상적인 방식'의 범주에 드는 것이리라!

어쨌거나 저들이 아무리 안하무인이건, 행패를 부리건, 그 안하무인과 행패가 그에게 직접적이지 않은 다음에는, 굳이 그가 나서야 할 '합당한 까닭과 정당성'은 없는 것이라고 하겠다.

'그냥 모른 체하고 넘어가는 거다! 만약 모른 체하기도 어렵게 된다면, 그때는 차라리 피해 버리는 거다!'

그녀가 어떤 의사 표시를 할 때까지는

다시 한번 마음을 정리하며 김강한은 진초희를 본다. 그녀는 가게 안에서 벌어지고 있는 소란에 잠시 시선을 주는 듯하더니, 이내 다시금 스스로의 생각 속으로 침잠해 있는 모습이다.

그는 약간의 의아함을 가져본다. 물론 그가 함께 있는 이상에는 그녀가 이 정도의 소란이나 혹은 조폭 따위를 두려워해서 신경을 쓰거나 긴장을 할 리는 없다. 다만 원래 소란스러운 것을 싫어하는 그녀이고, 더욱이 폭력에 대해서라면 트라

우마가 있다고 할 정도로 거부감이 강하니, 다른 때의 그녀였다면 지금의 이런 분위기에서는 먼저 식당을 나가자고 했으리라!

역시 세희 때문일 것이다. 세희에 대한 그녀의 생각이 아직다 정리가 되진 않은 것이리라!

그는 기다리기로 한다. 기왕에 그녀 스스로 정리가 될 때까지 그냥 놓아두기로 했던 바이니, 그녀가 어떤 의사 표시를할 때까지는!

나 담배 꺼야 돼?

"저기요……! 담배는 밖에 나가서 좀 피우시면 안 될까요?"

금목걸이 덩치의 바로 뒤쪽 테이블에서 나온 그 말은, 지금벌어지고 있는 상황에 비추어서는 사뭇 느닷없게까지 들린다. 그 테이블에는 대여섯 살쯤의 어린 남매를 대동한 젊은 부부가 앉아 있는데, 그중의 부인이 조심스러운 기색인 중에도 사뭇 정색으로 무테안경 청년을 보고 있다.

그럼으로써 그 '사뭇 느닷없게까지 들리는 그 말'을 한 사람은, '힘은 없을지언정 훌륭한 용기가 있거나, 정의감이 투철한사람'이거나, 혹은 '어떻게든 불법과 불의에 대응을 하려는 사람'은 아니다. 다만 엄마다.

'엄마는 용감하다!'

그런 말이 있듯이 그들 무리가 풍기는 위압감에 대해 앞뒤를 재기보다는 우선, 몸에 해롭기 짝이 없는 담배 연기가 내 아이들을 덮치고 있다는 사실에 대해 반사적으로 대응을 한 것이리라!

무테안경 청년은 설핏 당황스럽다는 기색이다. 그러나 그는 이내 오히려 흥미롭다는 듯이 싱글거리며 젊은 엄마를 향해 말을 뱉는다.

"지금 그 말 나한테 한 거야? 무슨 말인지 잘 못 들어서 그러는데, 다시 한번 해봐!"

대뜸 반말이다. 그 거침없는 무례에 젊은 엄마는 대번에 놀라고 당황하는 기색으로 되고 만다. 그러나 젊은 엄마는 힘겹게 떨림을 추스르며 다시금의 목소리를 낸다.

"애들이 있어서 그럽니다! 담배는 밖에 나가서 좀 피워주세요!"

"아……! 담배 피지 말라고?"

무테안경 청년이 그제야 알아들었다는 시늉이더니, 금목걸이 덩치를 향하며 가볍게 찡그린 얼굴로 말을 던진다.

"박 형! 여기 금연이야? 그럼 미리 말을 해주든가 했어야지, 이게 뭐야? 이제 겨우 두 모금밖에 안 빨았는데, 나 담배 꺼야 돼?"

그 말에는 금목걸이 덩치가 휙 돌아서며 젊은 엄마를 향해 곧장 두 눈을 부라린다.

"어이! 아줌씨! 뭐 잘못 처먹었어? 아줌씨가 뭔데 담배를 꺼라 마라야? 남이야 담배를 피든 전봇대로 이를 쑤시든 아줌씨가 뭔 오지랖이냐고?"

곰 같은 덩치가 그대로 밀치기라도 할 듯이 우악스러운 기세다. 더욱이 이제야 보게 된 덩치의 요란한 가슴팍 문신에 부인은 급기야 하얗게 질리고 만다.

내가 다 물어줄게!

"손님! 저희 가게 안에서는 금연해 주셔야 합니다."

조심스럽게 나선 것은 가게 사장이다. 그 역시도 잔뜩 주눅이 들어 있는 중에 사뭇 떨리는 목소리로 젊은 엄마를 거들고 나선 것은, 역시 사장으로서의 책임감 때문일 터다.

"이런 씨발……!"

금목걸이 덩치가 대번에 쌍소리를 뱉으며 곧장 주먹을 들어 올릴 때다. 무테안경 청년이 슬쩍 덩치를 제지하고는 짐짓 느긋한 투로 가게 사장에게 묻는다.

"왜 그래야 하는데? 왜 금연해 줘야 되냐고?"

"저희 가게는 법으로 정해진 금연 구역입니다."

사장이 애써 침착하게 대답을 낸 것에 대해, 무테안경 청년의 입꼬리가 슬쩍 비틀린다.

"법? 그 법 어기면 어떻게 되는데?"

"벌금을 물어야 합니다."

"벌금?"

무테안경 청년이 피식 실소하고는 다시 묻는다.

"그래, 벌금이 얼만데?"

"손님은 10만 원, 그리고 저희 가게도 1차 위반 과태료 170만 원을 물어야 합니다!"

"훗! 겨우 그거야? 다 합쳐서 200만 원도 안 되네?"

무테안경 청년이 다시금 실소를 머금고는 고개를 주억거린다.

"알았어. 벌금? 물지, 뭐! 당신한테 나오는 벌금까지 내가 다 물어줄게. 그러니까 이제부터 나한테는 금연 구역이니 뭐니 하는 건 해당 사항 없는 거야? 알았어?"

그리고 무테안경 청년은 보란 듯이 깊게 담배 한 모금을 빨아서는

"후~!"

하고 사장의 얼굴을 향해 연기를 뿜어낸다. 그 막무가내의 억지와 오만에는 사장이 더는 어떻게 할 바를 찾지 못하는데, 마침 예의 그 젊은 부부가 황급히 어린 남매를 일으켜 세워서

는 도망치듯이 카운터로 향하기에 사장이 얼른 그 뒤를 쫓아
간다.

이제부턴 내가 알아서 할 테니까

카운터에서 소리 죽인 실랑이가 벌어지고 있다. 예의 그 젊
은 부부가 계산을 하려고 하자, 가게 사장이 '어떻게 돈을 받
겠냐?'고. '정말 죄송하다!'고. '오늘은 그냥 가시고 다음에 오
시면 정말 최선을 다해 서비스를 해드리겠다!'고. 연신 머리를
조아린다.

그런데 그런 광경을 금목걸이 덩치가 더는 두고 보지 못하
겠던지 버럭 고함을 지른다.

"이것들이 지금 뭐 하는 지랄들이야? 은근히 사람 빡치게
만드네?"

그러곤 거칠게 정장 상의를 벗어젖히고는 와이셔츠의 양 소
매까지 한껏 위로 걷어붙이는데, 그런 놈의 팔목에서부터 굵
은 팔뚝까지 온통 문신이 빽빽하다. 이어 얼굴이 시뻘겋게 달
아오른 놈이 가까이에 있는 테이블을 그대로 뒤집어엎을 기세
인데, 그때다.

"어이, 박 형! 사람 자꾸 쪽팔리게 할 거야? 나하고 있을 때
는 그러지 말라고 했잖아?"

무테안경 청년이다. 그의 목소리가 사뭇 차가운 데가 있어서 금목걸이 덩치가 순간 멈칫하고 마는데, 무테안경 청년이 표정 없는 얼굴로 말을 보탠다.

"곱창 따위나 먹자는 말에 생각 없이 따라온 건 내 실수라고 해두자고! 그렇지만 어쨌든 여기까지 왔는데 쪽이나 팔다가 나갈 수는 없잖아? 박 형은 그냥 가만히 있어! 이제부턴 내가 알아서 할 테니까."

그러더니 무테안경 청년은 곧장 홀의 안쪽으로 걸어간다.

결국 없는 것

홀의 안쪽. 테이블 몇 개를 이어 붙여서 만든 넓은 자리에 지금 스무 명 정도의 단체 손님들이 앉아 있는데, 젊은 축에 드는 남녀들과 중년의 사내들까지가 섞여 있는 걸로 봐서는 직장인들이 회식을 하고 있는 것쯤으로 보인다. 그런데 그들은 홀의 가장 안쪽에 있는 데다, 또 자신들끼리의 자못 화기애애한 회식 분위기를 만끽하느라 무테안경 청년과 그 무리가 일으키는 소란에 대해 미처 알지 못하고 있었던 듯하다.

"보아하니 이제 드실 만큼 드신 것 같은데, 그만 자리 좀 양보 좀 해주시면 안 되겠습니까? 양보를 해주신다면, 대신 여기 계산은 제가 해드리죠."

무테안경 청년의 그 말은 느닷없는 데다 말투만 공손했지 막상 상대의 입장은 전혀 생각하지 않는 오만불손이라, 그 단체 손님들이 저마다 황당하고 어이없어한다. 그러고는 일행 중의 체격이 제법 건장한 체크무늬 넥타이를 맨 청년 하나가 불쾌함을 표시한다.

"당신 뭡니까? 그리고 지금 대체 뭐 하는 겁니까?"

그에 대해 무테안경 청년이 피식 실소하고는 천천한 투로 다시 말을 뱉는다.

"왜? 안 되겠어? 기분 더러워서 그렇게는 못 하겠어? 그런데 어떡하냐? 나는 꼭 양보를 받아야겠는데? 만약 좋은 말로 할 때 양보를 안 해주면, 그때는 불상사가 일어날지도 몰라. 하지만 그건 내 책임이 아냐. 나는 어디까지나 정중하게 부탁을 했는데 그걸 무시한 당신들의 책임이지."

거친 돌변이다. 더욱이 그제야 무테안경 청년의 뒤로 가슴팍과 양팔의 문신을 드러내 놓고 과시하는 놈을 비롯한 대여섯 명의 덩치들이 버티고 서 있는 것을 발견한 넥타이 청년은 그대로 주눅이 들고 만다.

그때다. 넥타이 청년의 맞은편에 앉아 있던 역시 그 단체 손님들 중의 하나인 긴 생머리의 여자가 미처 사태를 파악하지 못했던지 아니면 얼큰하게 취기가 올라 있었던지 무테안경 청년을 향해 사뭇 매서운 투로 쏘아붙인다.

"당신들! 지금 이게 무슨 행패예요? 경찰 부를 거예요?"

무테안경 청년이 싱글거리며 받는다.

"경찰을 부른다고? 흐흐흐! 이거, 참! 그럼 난 또 벌금 물어야 하니? 그런데 그건 너무 시시하잖아? 그냥 확 패버릴까? 그럼 벌금에다 치료비에다 합의금까지 달라고 할 거 아냐? 얼마나 쓰면 될까? 한 1,000만 원쯤이면 되나? 그래! 그까짓 것쯤……! 얼마든지 쓰지, 뭐! 야! 불러, 경찰!"

생머리 여자가 그제야 사태를 깨달은 듯이 뒤늦게 질린 기색이 되고 만다. 그럼으로써 그들 스무 명쯤의 단체 손님들 중에도 '힘은 없을지언정 훌륭한 용기가 있거나, 정의감이 투철한 사람'이나, 혹은 '어떻게든 불법과 불의에 대응을 하려는 사람'은 결국 없는 것이다.

윈윈(win—win)이라는 거

그 단체 손님들 중의 여자들이 무테안경 청년과 덩치들의 눈치를 살피며 일행인 남자들의 팔을 잡아끈다. 얼른 나가자고 서두는 것일 텐데, 남자들이 잠깐쯤 버티는 시늉이더니 이내 못 이긴 체 끌려가는 모양새다. 그런 그들에게 무테안경 청년이 엄지를 치켜세운다.

"오케이! 우리는 자리 양보받아서 좋고! 당신들은 공짜로 얻

어먹어서 좋고! 바로 이런 걸 두고 윈윈(win-win)이라는 거 아니겠어?"

카운터에서 가게 사장은 또다시 당혹스러움에 어쩔 줄을 몰라 하고 있다. 돈을 받자니 너무 미안하고, 그렇다고 돈을 받지 않자니 단체 손님들이라 금액이 크다. 결국 죄송하단 말을 몇 번이나 거듭하고 나서야 카드를 받은 사장이 카드리더기에 카드를 그으려 할 때다.

"어이! 계산은 내가 해준다고 했잖아? 사람이 호의를 베풀었으면 그냥 '예! 감사합니다!' 하고 곱게 꺼질 것이지? 왜? 생각해 보니까 꼽냐? 자존심이 상해? 하여간 꼭 별것도 없는 물건들이 허세만 살아가지고? 야! 빨리들 안 꺼져? 진짜로 한 대씩 처맞아볼래?"

무테안경 청년의 고함이다. 그리고 그 곁의 덩치들이 당장에 달려올 기세들이라, 가게 사장이 황급하게 카드를 돌려주며 '얼른들 가시라!'고 손짓으로 손님들의 등을 떼민다. 그런데는 손님들도 황망히 가게를 나간다.

우린 아직 식사를 다 끝내지 않았어!

무테안경 청년의 안하무인격 행사에서는 식당 안의 손님들 모두를 쫓아내려는 의도가 있는 것으로도 보인다. 처음부터 그럴 작정이지야 않았겠지만 제 딴의 무슨 억하심정으로 심사가 틀어졌고, 그런 다음부터는 아예 식당을 독점하고 말겠다는 오만과 방자가 생긴 듯이!

그리고 그런 의도라면 무테안경은 거의 성공을 한 셈이다. 그들 무리의 험악함에 직접적으로 위협을 당하지 않은 테이블의 손님들마저도 지레 주눅이 들어서 속속 식당을 빠져나갔으니까 말이다. 이제 손님이 있는 테이블은 단 하나만 남았을 뿐이다. 바로 김강한과 진초희가 있는 테이블이다.

식당의 종업원들은 모두 카운터의 사장 옆으로 다가가 있다. 사장이라고 해서 별다른 해결책을 낼 수 있는 상황이 아니긴 하지만, 그래도 사장에게 의지하는 마음이거나 혹은 아주 식당 밖으로 피신하지는 않는 것으로써 나름의 의리를 보이고 있는 것인지도 모르겠다. 다만 세희 혼자만 다른 종업원들과 달리 김강한과 진초희의 테이블 옆에 머물면서,

"그만 나가시는 게 좋겠다!"

하며 속삭이듯이 몇 차례나 권하고, 또 불안한 눈짓으로 계속 독촉을 하고 있는 중이다.

물론 김강한이야 진작부터 나가고 싶은 마음이다. 그러나 역시 결정은 진초희에게 달렸다고 할 것인데, 그녀는 여전히 이 상황을 회피할 생각으로는 되지 않는 것 같다.

진초희가 곱창 한 점을 집어 입으로 가져간다. 다 구워진

채로 불판에 오래 둔 까닭에 바싹 말라 바삭거릴 지경의 그
것에 본래의 맛이 날까 싶지만, 그녀는 희미한 미소를 짓는다.
그리고 그 미소가 세희를 향하는 데서 그녀는 아마도 이런 의
사 표시를 하려는 것 같다.

'우린 아직 식사를 다 끝내지 않았어!'

그녀가 주관하는 일의 다만 수단으로서의 역할

진초희의 의중이 어떠하다는 것에 대해서는 김강한이 짐작
은 할 것 같다. 역시 세희에게 그 초점이 맞추어져 있으리라!
지금의 거친 상황이 주는 혹시 모를 위협에서 세희를 지켜주
려는 쪽으로!

그러나 진초희는 사뭇 조심스럽고도 신중해 보인다. 하긴
지금까지의 그녀는 그와 중산 그리고 재단으로부터 늘 보호
를 받는 대상이었지, 그녀 자신이 누군가를 지키고 보호하는
입장이 되어본 적은 없으니 그럴 수밖에 없기도 하겠다.

더욱이 태생적인 성격에서도 진초희는 그와는 사뭇 다른
방식으로 접근할 수밖에 없으리라! 즉, 그의 경우에 지금까지
누군가를 보호하는 입장에 섰을 때 사뭇 일방적으로—때로는
감정적으로— 부수고 돌파하고 퇴치하는 식이었다. 그러느라
그 과정에서 그의 보호를 받는 대상이 어떤 심정일지 혹은 어

떤 심리일지 등에 대해서는 거의 배려하지 못했다. 사실은 그런 쪽으로의 생각 자체를 아예 하지 못한 것이지만!

그러나 진초희라면, 설령 그녀 역시도 강력한 무력을 지니고 있다손 치더라도―사실 그녀의 한마디면 즉시 그가 나설 것이니, 그녀는 지금 그와 같은 정도의 무력을 가지고 있는 것이나 마찬가지라고 해야겠지만―, 처음부터 보호 대상에 대해 아주 조심스럽고도 신중한 배려로 접근을 할 것이다. 그리하여 지금도 쉽게는 어떤 직접적인 행동에 나서지 못하고, 세심한 관찰과 숙고를 거듭하고 있는 것이리라!

어쨌든 그는 이미 진초희의 입장과 의지를 존중하고 지지하겠다는 작정을 끝낸 터다. 그리하여 그녀가 원할 때까지는 한 발 뒤로 물러나 있을 것이다. 그리고 그녀가 주관하는 일의 다만 수단으로서의 역할만을 할 것이다.

능이! 들었어?

"이봐! 여기 테이블 좀 치우고, 주문받아!"

금목걸이 덩치가 소리를 친다. 그러나 종업원들 중 누구도 그쪽으로 갈 엄두를 내지 못하고 움츠리고만 있다. 그런 데 대해 가게 사장도 선뜻 누구를 지목해 가보라고 하지는 못하는데, 세희가 몇 번이나 입술을 깨물더니 마침내 각오가 선

듯이 선뜻 그쪽으로 걸음을 옮긴다.

세희가 옆을 지나칠 때 진초희는 손을 뻗어 그녀를 제지하려는 듯 보였지만 결국 그러지는 못하고서 가만한 한숨만 불어 내쉰다. 그런 깊은 고심(苦心)에는 보고 있던 김강한까지도 저도 모르게 한숨을 내쉰다. 그때다. 진초희가 문득 그에게로 몸을 기울이며 나직하게 묻는다.

"혹시… 저 사람, 뭐 하는 사람인지 알 수 있어요?"

'저 사람'이란 무테안경 청년을 지칭하는 것일 터다. 그리고 진초희의 그 물음에 절반쯤의 확신이 묻어나는 느낌인 것은, 아마도 그녀가 능이의 존재를 염두에 두고서 물은 때문이리라!

능이에 대한 대강이야 그녀가 이미 처음부터 알고 있거니와, 이번에 그가 시리아에서 능이의 도움을 받은 내력에 대해서도 그가 말한 바는 없지만 아마도 최유한 박사를 통해서 어느 정도의 얘기를 들은 듯하니, 능이의 능력에 대해서도 상당한 기대치가 있을 것이니 말이다.

"능이! 들었어?"

그의 혼잣말에 귓속에서 즉각적인 진동이 울린다. 능이의 대답인 셈이다. 이어 그가 추가적인 지시를 하지 않았음에도 테이블 위에 문득 무형의 작은 스크린이 형성된다. 진초희가 설핏 놀라는 기색이다. 그러나 그녀는 이내 스크린에 디스플

레이 되는 내용에 집중한다. 잠시 후, 그녀가 다시 묻는다.

"지금 벌어지고 있는 상황, 촬영도 할 수 있겠죠?"

이번에는 묻는다기보다는, 미리 기정사실화를 해놓고 확인한다는 투다. 김강한이,

"될걸?"

하고는, 다시,

"돼?"

하고 묻는다. 물론 이번에는 능이에게 묻는 말이다.

"가능합니다!"

그의 귓속에서 나직하지만 분명한 음파가 울린다.

"된대!"

그가 싱긋 웃으며 진초희에게 답해준다.

외단 기반의 양자 회로(量子 回路)

"이참에 새것으로 교체하시죠!"

김강한이 시리아에서 돌아왔을 때 최유한 박사는 능이의 하드웨어를 새것으로 교체하자고 했다. 빠른 시일 안에 새로운 하드웨어 몇 개를 제작해서 김강한이 고를 수 있게 하겠다고! 그런 다음에 능이의 소프트웨어를 이전하는 것은 크게 어려울 것도 없이 간단한 과정이라며!

그때 능이의 외양은 사실 볼품이 없긴 했다. 독마의 독이 만든 초열(超熱)에 시곗줄은 아예 녹아서 사라지고, 본체의 외장도 귀퉁이들이 녹아서 울퉁불퉁해지고 표면 여기저기에 움푹움푹 패인 자국들이 생긴 채였다. 더욱이 중요 기능과 관련된 것이 아니긴 하지만 내장 회로의 일부에도 경미한 손상이 생겼다고 하니, 교체를 하는 게 좋겠다는 소리가 나올 만했다. 그러나 김강한은 최유한 박사에게,

"일단 알겠습니다!"

라는 정도로 여지를 남겨두었다. 뭔지 모를 아쉬움이 남아서다. 그리고 그 아쉬움은 애틋함으로까지 번진다. 능이의 헌 본체와 헤어질 것에 대한 미리의 애틋함이다. 물건도 오래 쓰면 정이 든다더니, 그새 정이 든 건가? 물론 최유한 박사로부터 진즉에 들은 바가 있긴 하다.

"능이의 본질은 하드웨어가 아닌 소프트웨어입니다. 즉, 손목시계 형태의 본체는 단지 대표님과의 원활한 소통을 위한 매개일 뿐이고 능이의 본질은 무형의 인공지능입니다. 따라서 현재의 본체가 상실된다고 하더라도 그 본질은 모체인 UAI의 방대한 운영체계 중에 여전히 존재하게 되는 것이지요. 그리하여 언제든지 자유로운 형태의 새로운 하드웨어로 다시 만들면 되는 것이고요."

그렇듯이 이제 볼품없이 되어버린 능이의 본체는 그저 헌 껍데기에 불과하다는 것이리라! 그러나 역시 그가 이런 쪽으로는 무식해서 그런지 몰라도, 아무래도 애틋함은 가시지를 않는다. 무식하다고 하든 말든, 능이의 과학적인 본질이 무엇이건 간에, 그에게 능이는 이제 볼품없이 되어버린 헌 껍데기까지가 포함된 존재로서 그동안의 간단치 않았던 시간들을 함께 겪어내고 생사의 고비까지도 함께 넘겨온 것이다. 그런데 그때 그가 탁자에 능이를 올려두고서 혼잣말로,

"꼭 새걸로 바꿔야 하나?"

하고 아쉬움을 토로해 볼 때였다.

"본체를 필요로 하지 않는 대안도 있습니다!"

능이다. 그의 혼잣말을 자신에게 대답을 구하는 것으로 인식한 것일까? 그런데 생뚱맞다. 그가 본체를 교체해야 한다는 것에 대한 아쉬움과 애틋함까지를 표현한 데 대해, 아예 본체가 필요하지 않을 수도 있다는 식으로 들이대다니 말이다. 하긴 제아무리 대단한 인공지능이니 과학의 최고 산물이니 뭐니 해도, 능이는 역시 무생명의 그저 장치일 뿐이다. 그런데 어떻게 만물의 영장인 사람의 속마음까지야 책 읽듯이 척척 읽어낼 수 있겠는가?

"무슨 얘기야?"

그가 '툭!' 뱉는 투로 묻는다. 시큰둥한 느낌을 굳이 자제하지 않고! 능이가 곧바로 대답을 낸다.

"현재 본체를 보호하고 있는 무형의 에너지 공간을 활용하여 새로운 본체를 구축할 수 있습니다. 즉, 기존의 반도체 기반의 다중 집적회로 방식을 대신하는, 순수 에너지 시그널 기반의 양자 회로(量子 回路)를 구현하는 방식입니다."

능이는 역시나 그의 시큰둥한 느낌은 빼고 말 그대로의 의미만 받아들인 듯하다. 어쨌거나 그로서는 무슨 소린지 도통 모르겠다. 다만 그가 눈치와 짐작으로 대충 때려 잡아볼 수 있는 건 있다.

'현재의 본체를 보호하고 있는 무형의 에너지 공간? 외단을 말하는 건가?'

그가 능이의 분실 방지를 위해 능이 전용으로 씌워놓은 작은 캡슐 형태의 별도 외단 말이다. 그것이 결국은 그의 내공으로 이루어진 것이니, 무형의 에너지 공간이지 않는가? 이어,

'그럼 외단으로 능이의 본체를 대신할 수 있다?'

라는 데까지 짐작이 이어지면서는 김강한이 설핏 호기심이 생긴다. 설핏? 그러나 방금 전까지의 아쉬움과 애틋함을 능히 상쇄시킬 만큼의 흥미가 더불어서 생긴다. 그럼으로써 그것은 한편으로 그의 간사함이기도 하리라! 과학의 최고 산물인 능이도 읽지 못하는 만물의 영장인 사람의 속마음 중의 하나인

간사함!

"그래? 그럼 한번 해봐!"

김강한이 결국은 슬쩍 동조를 하고 만다.

"에너지 시그널 기반의 양자 회로 구축을 실시합니다."

능이의 멘트가 있고, 잠시 후.

"완성되었습니다!"

하는 능이의 소리에 김강한이 탁자에 올려둔 능이를 본다. 그것이 이제는 능이가 아닌 그저 빈껍데기에 불과하리라는 점에 대해서는 사뭇 모호한 심정으로 되면서!

"능이! 너 지금 어디에 있는 거야?"

"지금은 왼손 팔목 부근 원래의 본체가 시계 형태로 채워져 있던 위치에 있습니다."

김강한이 흘깃 자신의 왼 손목을 본다. 그러나 손목은 비어 있다. 아무것도 없다.

"……?"

김강한이 가지는 무언의 의문을 감지했는지 능이가 멘트를 보탠다.

"순수 에너지 시그널 기반이기에 형체가 없습니다."

하긴 외단으로 능이의 본체를 대신했다는 것 아닌가? 그런 전제를 수용한다면, 지금의 능이가 눈에 보이지 않는 무형일 것은 당연하다고 하겠다. 그리고 같은 전제에서 당연해질 사실은 또 있다. 즉, 이제 능이는 외단이 분포하는 곳이라면 그어느 곳에도 존재가 가능하리라는 사실!

'그럼 내 몸 내부에도?'

퍼뜩 드는 의문에 대해서도 부정하기는 어렵다. 외단의 내공은 그의 신체 내외를 자유롭게 드나드는 것이니, 능이 또한 그의 몸 내부를 드나들지 못하리란 법이 없지 않겠는가?

최유한 박사에게는 대충 둘러댔다. 능이의 본체가 손상되긴 했지만 그가 쓰는 데는 별로 문제가 없는 것 같고, 또 그간 몸에 지니면서 애착 같은 것도 생겼으니 좀 더 쓰기로 했다고! 그러다 나중에 더 망가져서 정히 못 쓰게 되면, 그때 바꾸는 걸로 하겠다고!

그런 데는 최유한 박사도 별다른 토를 달지 않았다. 정히 그렇다면 편하신 대로 하시라고! 능이의 새로운 하드웨어 몇 가지는 이미 제작을 끝내두었으니 원하시면 언제든지 말씀만 하시라고 했다.

전 그런 일은 하지 않습니다!

세희는 잔뜩 긴장한 기색인 중에도 분주하게 움직이고 있다. 무테안경 청년 등이 널찍하게 차지하고 앉은 테이블들 위에 놓인, 직전 손님들이 먹던 음식과 그릇들을 치우랴 닦으랴 주문을 받아서 카운터로 전하랴, 사뭇 정신이 없어 보인다.

한참을 보고만 있던 다른 이모들 둘이 애써 용기를 내서 세희를 돕기 시작하면서 테이블 세팅에 속도가 붙고, 불판들에 곱창이 올려진다. 그러나 곱창이 익기 시작할 즈음에 이모들은 어느 틈에 다시 카운터 쪽으로 철수를 해버리고 세희 혼자서 익어가는 곱창을 뒤집는 등의 서빙을 계속한다. 그리고 이윽고 마무리 서빙까지를 마친 세희가 카운터 쪽을 향해 물러나려 할 때다.

"왜? 가려고?"

무테안경 청년이 불쑥 묻는다. 세희가 움찔하면서도 애써 웃는 얼굴을 만들며,

"아, 예! 이제 다 익었으니까 드시면 됩니다. 그리고 더 필요하신 거 있으면 벨을 눌러주세요!"

하고는 다시 걸음을 옮기려 할 때다. 무테안경 청년이 슬쩍 손을 뻗어 그녀의 앞을 가로막는다.

"난 아가씨가 계속 필요한데? 그러니까 가지 말고 그냥 여기 계속 있어!"

"네? 손님! 그건……."

세희가 당황해하며 거절의 말을 하려고 하지만, 무테안경 청년이 가로채며 간단하게 말을 잘라 버린다.

"됐어. 뭐 이상하거나 특별한 거 시키려는 건 아니고, 그냥

내 옆에서 전담으로 서빙만 하면 돼. 보다시피 옆에는 온통 인상 험한 남자들밖에 없잖아? 영 분위기가 안 나서 그래. 알았지? 자, 그럼 일단 술부터 한 잔 따라줘 봐!"

그 일방적인 말에 세희의 얼굴이 당황과 긴장으로 굳어버린다. 그러나 그녀는 애써 침착하게 다시금 자신의 의사를 밝힌다.

"전 그런 일은 하지 않습니다!"

"왜? 그런 일이 어때서? 아가씨가 여기서 하는 일이 손님들한테 서빙하는 거 아냐?"

무테안경 청년이 무표정하게 묻더니, 문득 알겠다는 듯이 짐짓 웃음기를 떠올리며 덧붙인다.

"아……! 술 따르는 건 서빙에 포함되어 있지 않다? 알았어. 그럼 그거에 대해서는 내가 별도로 계산을 쳐줄게. 어떻게 계산해 줄까? 한 잔 따르는 데 얼마씩으로 쳐줄까? 좋아. 일단 한 잔에 만 원씩! 그리고 아가씨 하는 거 봐서 마음에 들면 얼마든지 더 올려줄게. 이만 원, 삼만 원. 뭐, 기분 내키면 십만 원씩 쳐줄 수도 있어. 됐지? 자, 이제 한 잔 따라줘 봐!"

세희의 꽉 다물린 입술이 가늘게 떨린다. 두려움에다 수치심까지이리라! 그러더니 그녀의 고개가 사뭇 힘껏 가로저어진다. 다시금의 분명한 거부다. 그때다. 옆에서 보고 있던 금목걸이 덩치가 짐짓 험악한 인상을 만들고는,

"뭐 해? 우리 대표님께서 한 잔 따르라고 하잖아?"

하며 앞에 있던 소주병의 뚜껑을 따서 그녀 앞으로 민다. 그러나 세희가 덜덜 떨려 나오는 목소리로나마,

"싫습니다! 저는 이런 일 하지 않습니다!"

하고 단호하게 외치며, 술병을 다시 금목걸이 덩치 쪽으로 밀어낸다. 그런데 그때다. 세희의 손이 떨렸던 때문인지 그만 술병이 옆으로 넘어지고, 또 하필이면 무테안경 청년 쪽으로 술이 쏟아진다.

"이런……! 뭐야? 이게 지금 뭐 하는 짓이야?"

무테안경 청년이 짜증스럽게 뱉으며 술에 젖은 재킷 자락을 거칠게 털어낸다.

"어머! 어떡해? 죄송합니다! 정말 죄송합니다!"

세희가 크게 놀라며 몇 차례나 거듭하여 허리를 숙인다.

서로에게 합리적인 결론

"죄송하다고? 이게 죄송하다는 말로 될 일이야? 죄송할 일을 했으면 그에 합당한 변상을 해야지, 말로만 때우고 어물쩍 넘어가려고?"

무테안경 청년이 퉁명스럽게 뱉는 말에, 세희가 당황한 중에도 애써 침착하게 묻는다.

"제가… 어떻게 해드리면 되겠습니까?"

무테안경 청년이 짐짓 흥미롭다는 듯한 투로 된다.

"호오? 어떻게 해드리면 되겠냐고? 그 말은 어떻게든 성의를 표시하겠다는 거야? 그런데 어쩌지? 아무래도 아가씨가 성의를 보이기는 어려울 것 같은데? 이 슈트가 말이야, 꽤 비싼 거거든. 그리고 무슨 최고급 특수 원단이라든가 뭐라든가 해서 세탁도 아무 데서나 못 한다더라고. 그럼 당연히 세탁비도 만만찮다는 거겠지?"

이어 무테안경 청년은 빙긋한 웃음기를 떠올리며 말을 보탠다.

"아! 물론 내가 식당에서 서빙하는 아가씨한테 세탁비나 물어달라고 할 만큼 쫀쫀한 사람은 아니야! 그렇지만 아가씨가 어떻게든 성의를 표시하겠다고 나오는데도, 괜찮아, 그냥 없던 일로 해, 뭐, 이딴 식으로 받는 건 또 아가씨를 무시하는 게 되는 거잖아? 아가씨도 자존심이 있을 텐데 말이지, 안 그래?"

세희가 무겁게 굳은 표정인 채로 아무런 말도 하지 못하는데, 무테안경 청년이 짐짓 느긋하게 말을 이어간다.

"그래서 말인데, 자! 우리 서로에게 합리적인 결론을 절충해보자고! 절충한다는 게 뭔 뜻인 줄은 알지? 우선 아까 내가 아가씨에게 말했던 거 있잖아? 그건 계속 유효한 걸로 해줄게. 즉, 아가씨는 내 옆에서 계속 서빙을 하는 거야. 물론 술

한 잔 따라주는 데 만 원씩 쳐주기로 한 것도 포함해서!"

무테안경 청년이 입꼬리에 묘한 웃음기를 매단다. 그러고는 다시 말을 잇는다.

"다음으로 아가씨가 어떻게든 성의를 표시하겠다고 한 것에 대해서도 뭔가 하기는 해야 할 거 아냐? 그래서 한 가지만 더 추가하도록 할게. 물론 아가씨가 충분히 할 수 있는 아주 간단한 걸로! 흠! 나한테 술 따를 때 있잖아? 무릎을 꿇고 따르는 거야. 어때? 어렵지 않지?"

그리고 무테안경 청년은 빤히 세희를 올려다본다. 그녀가 내놓을 대답에 대해 사뭇 흥미롭고도 기대가 된다는 듯이!

세희의 얼굴이 창백하게 변하더니 이윽고는 두 눈에 가득하도록 눈물이 차오른다. 그리고 천천히 그녀의 무릎이 굽혀진다.

언니가 다 알아서 할 테니까

"세희 씨! 하지 마!"

진초희가 버럭 외치더니 자리를 박차고 일어선다. 그런 그녀를 따라 김강한이 또한 반사적으로 엉덩이가 들썩하지만, 그러나 그는 애써 자리를 지킨다.

또각!

또각!

세희를 향해 걸어가는 진초희의 구두 소리가 사뭇 명쾌하다. 주위에 버티고 선 덩치들은 조금도 상관하지 않고 곧장 세희의 곁으로 간 진초희는, 엉거주춤한 채로 있는 세희의 어깨를 가볍게 잡아서 일으킨다. 순간 잔뜩 얼어붙었던 몸이 풀린 듯이 세희가,

휘청!

쓰러지듯이 진초희에게 안겨온다. 안도일까?

주르륵!

세희의 두 눈에 고여 찰랑거리고 있던 눈물이 이윽고는 뺨을 타고 흘러내린다. 진초희는 자신의 품에 안겨 가늘게 어깨를 들썩이는 세희가 진정하기를 잠시 기다린다. 그리고 조심스럽게 세희를 품에서 떼어낸 그녀가 나지막이 속삭인다.

"이 일은 내가 처리할 테니까, 세희 씨는 저쪽에 가 있어요!"

"하지만 언니……."

세희의 떨려 나오는 목소리와 표정에서 다시금의 두려움과 염려가 가득하다. 그런 모습에다 더욱이 언니 소리 때문일까? 진초희는 문득 가슴이 먹먹해져 온다. 그녀가 다시금 품으로 세희를 당겨 안고는 등을 토닥여 주며 가만히 말해준다.

"괜찮아. 언니가 다 알아서 할 테니까, 아무 걱정 하지 말고 저기 오빠 옆으로 가 있어! 그럼 어느 누구도 세희 씨를 건드

리지 못할 거야."

이어 그녀는 조심스럽게 세희를 돌려세우며 가볍게 등을 민다.

"가! 얼른!"

그제야 세희가 휘청거리는 다리로 주춤 걸음을 뗀다.

감히 어디다 함부로 손을 대?

"어허! 어딜 가려고?"

성큼 다가와서 곧장 세희의 손목을 낚아챈 것은 금목걸이 덩치다. 그런데 그 순간이다.

"감히 어디다 함부로 손을 대?"

진초희의 매몰찬 일갈이 있더니,

짝~!

경쾌한 소리가 울린다.

순간 금목걸이 덩치의 두 눈이 부릅떠지는데, 그 눈빛에 상상도 못 한 돌발 상황에 대한 경악과 당혹이 고스란히 떠올라 있다.

"뭐 이런 미친……."

금목걸이 덩치가 거칠게 내뱉으며 우악스러운 손길로 진초희를 잡아간다. 동시이다시피 김강한의 외단이 발동된다. 그러나 결과적으로 외단의 발동까지는 필요치 않았다.

"멈춰!"

무테안경 청년의 단호한 외침에 금목걸이 덩치가 그대로 멈칫하고 동작을 멈춘 것이다.

"대표님……?"

까닭을 묻는 금목걸이 덩치의 두 눈에는 미처 추스르지 못한 분노가 넘실거리고 있다. 무테안경 청년이 가볍게 고갯짓을 해 보인다. 비켜나 있으라는 뜻이 분명한데, 그러나 막상 금목걸이 덩치에게는 시선조차 주지 않는다는 데서는,

'어딜 함부로 끼어드느냐?'

하는 나무람과 함께 덩치에 대한 노골적인 무시로 자신의 위상이 어떠하다는 것을 모두에게 드러내려는 거만이 또한 명백하다.

금목걸이 덩치의 뺨이 가늘게 실룩거린다. 그러나 그는 이내 이를 악다무는 것으로 이번에도 성질을 죽이는 쪽을 택하는 모양새다. 금목걸이 덩치가 애꿎은 바닥을 노려보며 한쪽 옆으로 비켜나는 사이에, 세희가 얼른 걸음을 서두르며 김강한이 있는 쪽으로 몸을 피한다.

"이봐요! 당신의 그 슈트 얼마짜리죠? 꽤 비싼 거고 무슨 최고급에 특수 원단이라니, 한 이삼백만 원쯤 하나요? 아니면 천만 원쯤? 말해봐요! 저 아가씨 대신 내가 변상해 줄 테니까!"

무테안경 청년을 노려보며 뱉는 진초희의 말이 차갑고도 또

박또박하다.

뭐야, 당신 날 알아?

무테안경 청년은 순간 묘한 당혹감을 느낀다.

이렇게 하는 건, 그의 방식이다. 그런데 지금은 상대의 여자가 그의 방식으로 그를 대하고 있다. 더욱이 그녀의 차가운 시선! 그것이 주는 느낌은 그저 비난하는 정도가 아니다. 무시와 냉대다. 나아가 오시(傲視)다. 오만하게 내려다보는!

이런 식으로 그를 대하고 이런 시선으로 그를 보는 사람은 처음이다. 더욱이 여자다. 문득 짜릿하다. 그가 마조히스트는 아니지만, 그 스스로도 몰랐던 어딘가 가려운 부분을 갑자기 시원하게 긁어주는 듯한 아주 묘한 쾌감 같은 게 스멀거리며 일어난다.

"와우! 이런 대단한 미인께서 대신 변상을 해주시겠다? 흐흐흐! 그런데 어쩌지? 내 요구 조건이 새로 바뀌었는데!"

그는 목소리를 최대한 깐다. 빠르게 커지고 있는 흥분을 누르기 위해서다. 쾌감과도 같은 흥분! 그녀는 대답하지 않고 여전히 차가운 시선으로 그를 오시할 뿐이다. 그의 쾌감이 빠르게 증폭된다.

"당신한테 흥미가 생겨 버렸어. 난 미인에게 약하거든? 그리고 당신! 완전 내 스타일이야. 그래서 바뀐 내 요구 조건은, 당신에 대해 진지하게 탐구해 볼 시간과 권리를 달라는 거야."

여자가 그제야 무표정하게 반응한다.

"이봐요! 이용재 씨! 당신 정말 구제 불능이군요?"

그 말에는 그가 놀라고 당황스럽지 않을 수 없어서 급하게 반문한다.

"뭐야? 당신 날 알아?"

여자가 조소인 듯이 희미한 웃음기를 떠올리며 받는다.

"당신은 이미 유명 인사 아닌가요? 인터넷을 조금만 검색해도 화려한 전력이 줄줄이 나오던데요? 재벌가의 어머니와 현직 고위급 정치인 아버지를 부모로 둔 덕에 막강한 부와 권력을 누리는 복 많은 사람이라고 하더군요. 그러나 사람들을 함부로 모욕하고 여자들 희롱하고 자기 마음에 안 든다고 아무 데서나 함부로 부수고 아무나 폭행하는 형편없는 망나니라고도 하고!"

그의 얼굴이 이윽고는 와락 일그러지고 만다.

한순간에 당신을 추락시킬 수도 있는 사람

"이런 씨… 당신 도대체 뭐야? 기자야? 어디 소속이야? 내 미리 경고하는데, 함부로 날뛰지 마라! 한칼에 날려 버릴 테니까!"

이용재의 거친 협박에, 진초희가 담담하게 받는다.

"호~? 기자 정도는 한칼에 날려 버린다? 과연 대단한 위세 군요. 하긴 당신이 누리고 있는 부와 권력이라면, 소위 사회에서 갑이라 말하는 웬만한 계층들도 간단히 을로 만들어 버리는 갑 오브 갑이라 할 만하죠. 그러니 세상에 두려울 게 없겠죠? 실제로도 지금껏 당신이 망나니짓을 할 때마다 돈과 권력으로 쉽게 해결을 했더군요. 보통 사람 같았으면 감옥에 가고도 남았을 사건을 저지르고도 용케 집행유예로 빠져나온 경우도 몇 차례나 되고!"

진초희가 잠시 말을 멈추었다가 차갑게 덧붙인다.

"난 기자가 아니에요. 그러나 마음만 먹으면 한순간에 당신을 추락시킬 수도 있는 사람이죠."

이용재의 얼굴에 설핏 안도가 스친다. 진초희가 기자가 아니라는 것에 대해서, 그럼으로써 크게 귀찮을 일은 아니라는 데서 오는 안도일 터다. 짐짓 어이없다는 듯이 어깨를 으쓱해 보이며 그가 느긋한 투로 말을 꺼낸다.

"와~! 이거, 갑자기 궁금해지네? 도대체 어떻게 하면 날 한순간에 추락시킬 수 있는지? 나 진심 궁금하니까 한번 추락 좀 시켜줘 볼래?"

"당신이 방금 전까지 보인 추태들! 그리고 지금 보이고 있는 행동들이 SNS에 올라갈 거예요."

진초희의 그 말에는 이용재가 반사적으로 식당 내를 한 번 훑어본다. 그리고 다시 금목걸이 덩치에게 눈짓으로 묻는다.

　'누가 촬영하는 낌새 있었어?'

　금목걸이 덩치가 곧바로 고개를 가로젓는다. 그들이 한패거리로 어울려 다닌 것이 하루 이틀이 아니다. 그동안 몇 차례의 민감한 사건들도 함께 겪은 바가 있는 것이다. 그러니 만큼 이 좁은 식당 안에서 누군가 카메라나 휴대폰으로 촬영을 했다면 그들이 눈치채지 못했을 리 없다.

　그런데 그때다. 벽에 걸린 대형 TV 화면이 저절로 켜지는데, 의아하게 시선을 주던 이용재의 표정이 곧장 일그러지고 만다. 화면의 영상에 그의 모습이 비치고 있다.

　김강한은 가볍게 고개를 끄덕인다. 능이의 편집 솜씨에 대한 인정의 의미다. 놈들이 안하무인으로 행패 부리는 장면들이 고스란히 담겨 있는데, 특히나 이용재가 선명하게 부각되어 있으면서 진초희나 그는 옆모습이나 뒷모습조차도 비치지 않는다.

　　　　　　부와 권력의 속성이 원래 그렇다고 하더군요

　"야! 저거 뭐야?"

　이용재가 이윽고는 고함을 지른다. 금목걸이 덩치 등이 곧

장 카운터로 달려간다. 그리고,

"CCTV 영상저장장치 어디 있어?"

외치며 거칠게 가게 사장을 윽박지른다. 그들의 그런 신속성은 역시 지금 상황과 유사한 형태의 경험이 있다는 것이리라! 그러나 다시 그때다.

"괜한 소란 피우지 말아요! CCTV로 녹화된 것도 아니고, 영상파일은 나한테 있으니까!"

진초희가 차분하게 외쳐 금목걸이 덩치 등을 멈추게 한다. 이어 다시 이용재를 향해 담담한 투로 말을 보낸다.

"이 영상이 온라인상에 퍼지면 어떻게 될까요? 과연 당신을 한순간에 추락시킬 수 있지 않을까요? 당신 뒤의 그 막강한 부와 권력 역시도 함께 비난받지 않을까요? 어쩌면 그것이 빌미가 되어 모래성처럼 와르르 무너질 수도 있겠죠. 부와 권력의 속성이 원래 그렇다고 하더군요. 쌓아 올리는 데는 오랜시간이 걸리지만 무너지는 데는 단 몇 초면 끝장이 나버린다고!"

나 같은 사람이라도 나설 수밖에 없군요

"이봐, 왜 이래? 나한테 이러는 이유가 뭐야? 도대체 뭘 바라고 이러는 거냐고?"

이용재가 나지막하게 으르렁거린다. 그러나 진초희는 여전히 담담하다.

"이전까지의 당신의 소행은 내가 직접 본 게 아니니 굳이 따지지 않겠어요. 하지만 오늘 당신이 저지른 치졸하고도 비인간적인 행동들로 인해 다른 사람이 깊은 상처를 받은 데 대해서는 분명히 짚고 넘어가야겠어요."

"치졸? 비인간적? 거, 말이 심하군? 아니, 내가 뭘 어쨌게? 저기 서빙하는 아가씨 땜에? 그거라면 그냥 장난이었을 뿐이야. 애가 귀엽게 생겨서 잠깐 장난 좀 쳤을 뿐이라고! 그리고 아무 일도 없었잖아? 뭐 실질적으로 피해 입은 거라도 있냐고?"

진초희가 이윽고는 차갑게 표정을 굳힌다.

"당신은 정말 최소한의 죄의식도 양심도 없는 인간이군요? 그렇다고 법이 제대로 벌을 주지도 못하니, 나 같은 사람이라도 나설 수밖에 없군요."

그 말에는 이용재가 차라리 어이없다는 기색으로 받는다.

"나, 참! 이거야, 원! 내가 이런 소리를 다 듣게 되다니! 뭐, 어쨌든 좋아. 니 말이 다 옳다고 쳐! 내가 잘못됐다고 치자고? 그래서, 뭐? 어쩌라고? 니까짓 게 뭘 어쩔 건데?"

진초희의 눈빛이 차가워진다.

"당신을 가르칠 수는 없지만, 최소한 세상에는 나처럼 부와 권력으로도 어쩔 수 없는 별난 사람도 있다는 걸 알려주고, 그래서 앞으로는 함부로 살면 안 되겠구나 하는 각인이라도 심어줄 수는 있겠죠."

"뭐? 각인을 심어? 흐흐흐! 뭘로? 고작 영상 좀 찍었다고? 그걸로 날 어떻게 할 수 있을 것 같아? 근데 이게 진짜? 반반하게 생겨서 말 상대 좀 해줬더니, 이게 감히 누구한테 설레발을 쳐?"

이어 이용재가 덩치들을 돌아보며 외친다.

"야! 식당 출입구 막아! 그리고 저년한테서 영상 자료 뺏어와!"

그야말로 무능력자

"오빠……! 저기… 어떻게 해요?"

세희가 놀란 나머지 말을 더듬거린다. 그리고 다급한 김에 김강한의 등을 밀기까지 한다. 덩치들 몇이 입구 쪽으로 달려가고, 또 일부가 진초희에게로 달려드는 광경에 김강한더러 어떻게 좀 해보라는 다급함이다. 그런데 그녀가 급한 김에 저도 모르게 오빠 소리까지 했고, 그렇지 않아도 당장에 튀어 나가고도 남았을 상황이건만 '오빠'는 여전히 엉덩이를 미적거리고만 있다.

'아아……!'

세희는 이윽고 절감하고 만다. 실상은 아무것도 할 수 없는 '오빠'의 무력함을! 그는 그저 평범한 남자일 수 있겠지만, 빼어난 미인에다 다정다감하고 개성 뚜렷하고 정의감까지 넘치는, 그녀가 지금까지 본 그 어떤 여자보다도 멋지고 훌륭한 '언니'를 애인으로 두기에는 너무도 부족한 남자일 뿐이다. 좀 더 신랄하게는, 애인의 위급 앞에서 금방 꺾일 만용이라도 부릴 줄 모르는 그야말로 무능력자다.

절망과 자포자기 속에서 '언니'가 그녀에게 했던 말이 허망하게 되새겨진다.

"괜찮아. 언니가 다 알아서 할 테니까, 아무 걱정 하지 말고 저기 오빠 옆으로 가 있어! 그럼 어느 누구도 세희 씨를 건드리지 못할 거야."

숙명의 종속

김강한은 다급하기보다는 차라리 얼떨떨해하고 있는 중이다. 그가 지금까지 알고 있던 것과는 전혀 다른 진초희의 모습에 대해서다. 저렇게 대차고 강한 모습이 그녀 안에 또 있었던가 싶다.

그러나 그녀의 지금 저런 행동이 옳은지, 그른지는 그에게 아무런 상관이 없다. 아니, 저런 그녀도 좋다. 지금까지는 미처 상상도 해보지 못했던 강한 성격이라고 해도, 그래서 오히려 그를 누를 만큼이 된다고 해도 좋다. 그것이 그녀이기만 하면!

한편으로 생각건대는 안쓰럽기도 하다. 어쩌면 그녀의 저런 강한 모습은, 그가 그녀에게 준 숙명일지도 모르겠기에! 남들보다 거대한 힘을 가진 자로서의 숙명이 그만의 것인 줄로만 알았더니, 이윽고는 그에게 가장 소중한 존재인 그녀까지 그 숙명에 종속되고 마는 것 같아서!

어쨌거나 이제는 그가 개입해야만 할 시점이다. 이제야말로 그로서도 이 상황에 마주 대응을 해야 할 합당한 까닭과 정당성이 생긴 셈이니 말이다.

이해는 못할망정

금목걸이 덩치가 우악스러운 손으로 곧장 어깨를 움켜잡아오는데도 진초희는 눈 하나 깜빡하지 않는다. 물론 김강한을 믿고 있는 때문이겠지만, 그렇다고 하더라도 사뭇 대범하고도 대찬 모습이다.

"악!"

오히려 세희가 놀라 지레 비명을 지르고 말 때다. 어느 틈엔지 공간을 가로지른 김강한이 진초희의 곁에 서 있다.

턱!

느닷없이 나타난 김강한에게 간단히 손목을 잡혀 버린 금목걸이 덩치가 놀람과 당황을 동시에 드러낸다.

"엇? 넌… 또 뭐냐?"

김강한이 담담히 웃으며 대답한다.

"전 이 여자의 애인인데요?"

상황에 전혀 걸맞지 않은 싱긋한 웃음과 천연덕스러운 대답이다. 금목걸이 덩치가 차라리 어이없어하며 뱉는다.

"뭐 이런 또라이 새끼가……?"

금목걸이 덩치가 잡힌 손목을 빼내려 힘을 쓴다. 그러나 다음 순간에 놈은 무단히,

풀썩!

바닥에 주저앉는다. 그러고는 아무 말도 하지 못하는 채로 얼굴에 진땀을 줄줄 흘린다. 몹시 고통스러운 듯한데, 비명조차 지르지 못하는 그 모습은 차라리 의아하기까지 하다. 그런데 그뿐만이 아니다. 뒤이어 주변의 덩치들이 또한 무단히 풀썩거리며 잇달아 주저앉더니 금목걸이 덩치와 똑같은 양상들을 보인다.

갑작스러운 광경에 식당 안의 다른 모두가 놀라고 의아해한

다. 이용재도, 사장도, 이모들도, 세희도!

다만 진초희는 그저 차분하다. 돌연히 벌어진 상황에 대해 이해는 못할망정, 그것이 김강한에 의해 만들어진 상황이란 것은 분명히 알기 때문이리라!

내가 뭘 어쨌다고?

"모든 것을 다 잃고 난 다음에 후회하지 말고, 오늘 당신이 범한 무례와 잘못에 대해 지금이라도 책임지는 모습을 보이세요! 이건 당신에게 주는 마지막 기회이자 경고예요."

진초희의 차분한 경고에, 이용재가 버럭 고함을 내지른다.

"웃기지 마! 너희들 뭐 하는 연놈들인지 모르겠지만, 사람 잘못 건드렸어. 나, 너희들 정도가 그렇게 만만하게 볼 사람이 아냐."

그런 이용재는 더 이상 덩치들의 비호를 받지 못하게 되었음에도 그다지 위축된 모습이 아니다.

"사람 잘못 건드린 건 바로 당신이야, 이 답답한 양반아!"

김강한이 덤덤한 투로 끼어들고는, 슬쩍 진초희의 눈치를 살피며 덧붙인다.

"여기 이 여자분이 얼마나 무서운 사람인지 아직도 모르겠어?"

"닥쳐! 내 일행들을 이렇게 만들어놓고도 니가 무사할 것 같아? 대한민국은 법치국가야. 어디까지나 법이 다스리는 나라라고! 너, 이제 곧 알게 될 거야! 법이 얼마나 엄하고 무서운지! 그때 가서 제발 감옥에 가는 것만은 면하게 해달라고 울며불며 사정이나 하지 마라!"

"나를 감옥에 보내겠다고? 내가 뭘 어쨌다고? 난 저치들한테 손도 안 댔는데?"

김강한이 짐짓 억울하다는 시늉으로 받고는 이어 카운터 쪽의 가게 사장을 향해 묻는다.

"사장님! 여기 CCTV 계속 녹화되고 있죠?"

갑작스러운 물음에 사장이 당황해하면서 대답을 낸다.

"아… 예!"

김강한이 이용재를 향해 가볍게 턱짓을 해 보인다.

'거 봐라. 내가 저치들한테 손도 안 댔다는 증거가 확실히 있는데, 감옥에 갈 일이 있겠냐?'

하는 의미일 터다.

"흐흐흐!"

이용재가 조롱을 담아서 웃더니 다시 차가운 얼굴을 하며 뱉는다.

"무식한 놈! 그래서 너희 같은 놈들을 두고 개돼지라는 소리가 나오고, 미개하다는 소리가 나오는 거다. 일단 법으로

싸우게 되면, 그까짓 증거 따위가 중요한 게 아니다. 중요한
건, 니가 아무리 용을 써대도 결국에는 감옥으로 가게 되어
있다는 것이지."

그런데 그 말끝에 이용재는 문득 입을 닫더니 천천히 뒤돌
아선다. 마치 더 이상은 할 말이 없다는 듯하다.

다만 그런 이용재의 어깨선이 가늘게 떨리기 시작하는 모습
에는 진초희가 설핏 의아한 기색으로 된다. 그러나 그냥 지켜
볼밖에! 입을 꾹 닫고 뒤돌아선 자에게 굳이 말을 시키거나,
혹은 일부러 그 정면으로 가서 어떤 표정을 하고 있는지 확인
할 건 아닐 것이니!

역장(力場)

외단이 작용하고 있는 중이다.

아니다. 그게 외단인지 내단인지는 김강한으로서도 이제는
구분하기 어렵다.

굳이 새로이 이름을 붙이자면, 그냥 그의 의지로 움직이는
힘 내지는 힘의 영역! 이를테면 역장(力場) 정도로 정의하는 것
이 오히려 적당하겠다. 어쨌든 그가,

'내가 뭘 어쨌다고? 난 저치들한테 손도 안 댔는데?'

라고 한 바 있듯이, 그가 아무런 행위를 하지 않고도 덩치

들을 제압하고, 또 지금 이용재를 통제하고 있는 건 바로 그 역장의 작용이다.

역장의 오묘하고도 무서운 점은 그것이 단순한 물리력으로 작용하는 것을 넘어 목표물의 내부에까지 그리고 지극히 정밀한 영역에까지 자유자재로 영향력을 미치고 통제를 할 수 있다는 것이다. 지금 이용재의 경우도 그러하다.

치 떨리는 공포

이용재는 지금 겉으로는 조용하고 멀쩡하지만 사실은 전신의 모든 근육을 마비당해서 표정조차 짓지 못하는 상태에서, 내부로부터 발현되는 엄청난 고통을 겪고 있는 중이다. 그 고통이란 전신의 미세 신경조직을 마치 벌레가 갉아대고 있는 듯한, 말로는 다 표현하기조차 어려운 그야말로 지옥의 고통이다. 그러나 그 고통은 막상 그의 근육이나 피부 그리고 혈행(血行) 등에는 별다른 영향을 미치지 않아서 외관상으로는 어떤 표시도 나지 않는다.

고통이 20여 초 동안이나 지속되고 있다. 20여 초는 잠깐의 시간이다. 그러나 시간은 상대적일 때가 있다. 지금 이용재의 경우가 바로 그렇다. 그에게 지금의 매 일 초는 억겁이다. 억겁의 지옥이다.

그는 처절하게 몸부림친다. 그러나 막상 그가 할 수 있는 것이라곤, 겨우 눈빛을 가늘게 흔들리게 만드는 것뿐이다. 그러나 애원이다. 눈빛으로밖에 표현할 수 없는 처절하고도 절박한 애원! 몇 걸음 떨어진 곳에 서서 무심하게 그의 고통을 지켜보고 있는 사람에게 하는 애원이다.

'살려주십시오! 제발! 아니, 죽여도 좋으니, 이 고통에서 벗어나게만 해주십시오! 제발! 제발!'

그의 애원이 통했던지 한순간 고통이 사라진다. 마치 거짓말처럼! 천당이 있다면, 그는 지금 그곳에 있다. 그는 절실한 마음으로 깨닫는다. 지옥의 반대가 천당이 아니란 사실을! 지옥에서 벗어나, 그저 지옥이 아닌 곳에 있는 것만으로도 천당이었다. 다만 고통은 사라졌지만, 전신의 마비는 여전하다. 그리하여 그는 다만 풀려 버린 눈빛으로만 천당의 희열을 표시할 수밖에 없다.

그러나 다음 한순간에 그는 곧장 치 떨리는 공포 속에 잠기고 만다. 그를 지옥에 빠뜨린 사람이 언제라도 그를 다시 지옥의 나락으로 던져 버릴 수 있다는 사실을 퍼뜩 상기하고서다.

그러한 것 역시도

"죄송합니다. 저의 잘못된 행동과 무례에 대해 진심으로 사과를 드립니다. 부디 용서해 주십시오. 그리고 가게 영업에 피해를 드린 것과, 또 여러분들의 정신적 피해에 대해서도 말씀만 해주시면 성심성의껏 배상하겠습니다."

이용재가 깊숙이 허리를 숙인다. 세희와, 이어 가게 사장을 향해서다.

세희는 크게 당황하며 어쩔 줄을 몰라 한다. 진초희가 담담한 눈길로 바라보며 가만히 고개를 끄덕여 주자, 그제야 그녀는 떨리는 목소리를 애써 추스르며 말을 받는다.

"저는… 사과하신 걸로 됐어요. 다른 배상은 바라지 않아요."

그게 전부다. 그러고는 진초희의 곁으로 바짝 붙어 서는 세희의 모습에서는, 여전히 두렵고 조심스러운 기색이 묻어난다.

세희에 이어 가게 사장 역시도 굳이 배상까지를 바라지는 않는다고 하는 모습에서, 김강한은 그들에게 아무래도 후환을 두려워하는 마음이 있을 것이라는 생각을 하게 된다. 사실은 그가 이용재에게 그처럼 혹독한 고통을 각인시킨 것도, 이용재나 덩치들이 이후에라도 감히 어떤 해코지를 할 엄두 자체를 내지 못하도록 하기 위한 안배의 측면도 있는 것이다.

그러나 굳이 그런 안배에 대해 알리고 설명을 할 필요까지는 없으리라! 그가 안배한 것과는 별개로, 저들은 저들에게

편한 방식을 취하면 되는 것이다. 그러한 것 역시도 세상과 사회가 돌아가는 통상적인 방식일 수 있는 것이리라!

계산은 제대로 하고 가라!

"이 일로 당신이 크게 변화할 것이라고 기대하지는 않아요. 조금의 시간만 지나고 나면 당신은 다시 당신의 본래 방식대로 살겠지요. 그러나 이미 말했듯이 한 가지는 꼭 명심하세요! 세상에는 부와 권력으로도 어쩔 수 없는 별난 사람도 있다는 것과, 그 별난 사람을 언제라도 또 만날 수도 있으니 너무 함부로는 살지 않도록!"

진초희가 조용조용한 투로 말을 맺은 데 대해, 묵묵히 듣고 있던 이용재가 그녀를 향해서도 깊숙이 허리를 숙인다. 그러나 그는 그녀의 얼굴을 보지는 않고 곧장 몸을 돌려 입구 쪽으로 걸어간다. 금목걸이 덩치와 그 패거리가 재빨리 뒤를 따른다.

"계산은 제대로 하고 가라!"

김강한이 덤덤하게 던진 말에 이용재가 카운터 앞에 멈춰 서서는 사장에게 카드를 내민다.

사장이 김강한과 진초희 쪽을 한 번 보고 나서야 조심스럽게 결제를 한다.

그중에서도 그가 가장 좋아하는 모습

이용재 패거리의 뒷모습이 완전히 시야에서 사라지고 나서야 진초희의 시선이 천천히 김강한에게로 향한다.

그녀의 시선이 미미하게 흔들린다. 여러 가지의 생각들과 감정들이 복잡하다는 것이리라!

김강한이 잠시간 묵묵하니 그녀의 흔들림을 마주한다. 그리고 가만히 고개를 끄덕여 준다.

'괜찮아! 모든 게 다!'

그제야 그녀의 눈빛에 가만한 미소가 돌아온다.

김강한도 빙그레 미소를 짓는다. 비로소 그녀다. 그에게 익숙한 본래의 그녀! 그녀의 어떤 모습이라도 다 좋지만, 그중에서도 그가 가장 좋아하는 모습!

인연이란 원래 그런 것이 아닐까?

"세희 씨! 이거 내 명함이야."

진초희가 세희에게 명함을 내민다. 굳이 말을 덧붙이지는 않지만, 그 한 장의 명함에는 그녀의 선의와 배려가 담겨 있을 터다.

세희가 잠시 망설이다가는 명함을 받아서는 조심스럽게 주머니에 넣는다. 그러나 막상 그녀는 거기에 얼마나 세심한 마음이 담겨 있는지 당장에 크게 실감하지는 못하는 듯하다. 나아가 그녀가 적극적으로 활용하고자만 한다면, 그것이 그녀에게 얼마나 큰 기회가 될 것인지에 대해서도 전혀 짐작도 하지 못하는 것이리라! 그녀는 다만 단순히 호의로만 여기는 듯하고, 혹은 여럿이 보는 앞에서 명함을 받는 것에 대해 부담을 느끼는 듯이도 보인다.

"후우~!"

김강한은 진초희가 가만히 내쉬는 한숨 소리를 듣는다. 아쉬움일 터다. 그런 모습의 그녀는 좀 전의 그녀와 확실히 대비가 된다. 그토록 대차고 거침없던 모습과 말이다. 그러나 역시 소극적이리만치 신중하고 지나치리만치 상대방을 배려하는 이런 모습이야말로 그녀 본래의 모습이라고 할 것이다.

어쩌면 진초희는 예감하고 있는지도 모른다. 이대로 세희와 헤어지고 나면 두 사람이 다시 만나지 못하게 될지도 모른다는 것을! 아니, 그러기가 쉬우리라!

짧은 시간에 불과하지만 그녀들이 보여준 닮은 구석만으로도 짐작해 볼 수 있다. 두 사람은 때때로 서로에 대한 생각을 떠올릴 수는 있어도, 누구도 먼저 연락을 하지는 않을 성격들이다. 서로에게 부담을 줄까 봐서! 혹은 또 어떤 그녀들다운 배려로! 그리고 시간이 흐르면서 두 사람은 각자의 삶에 매몰될 수밖에 없을 테고, 결국 오늘의 이 결코 평범하지 않았던 인연은 그저 어쩌다 한 번씩 떠오르는 추억으로만 남게 될 수도 있다.

인연이란 원래 그런 것이 아닐까? 참으로 우연하고도 기묘하며 세상에 이런 인연도 있을까 싶은 특별한 것일지라도, 옷의 첫 단추를 제대로 꿰어야만 하듯이 그것 또한 그 첫 번째의 연결 고리부터 제대로 채우지 않으면 쉽게 공허해지고 마는 그런 것!

그럼! 볶음밥이 얼마나 맛있는데?

진초희가 가만히 김강한에게로 눈을 맞춰온다. 촉촉한 눈빛에 진한 아쉬움을 감추지 못한 채로!
'우리 이제 그만 가요!'
하고 말하는 것이리라!
"볶음밥은 먹고 가야지."
김강한이 불쑥 뱉는다. 쓸데없는 소리다. 지금 이 상황에 정말 어울리지 않는! 아니나 다를까? 당장에 타박이 돌아온다.
"어휴, 참! 그렇게나 먹고도 아직 더 들어갈 데가 있어요?

그리고 지금 이 상황에서 뭘 더 먹을 생각이 들어요?"

"그럼! 볶음밥이 얼마나 맛있는데……?"

김강한이 슬쩍 능청을 부린다.

"안 돼요! 여기 일하시는 분들 아직 놀람도 채 가시지 않았을 텐데… 얼른 일어나요!"

그녀가 먼저 일어서면서 곧장 김강한의 손을 잡아끌 태세다. 그러나 김강한이 짐짓 버티는 시늉으로 세희에게 눈짓을 보낸다. 그러자 세희가 얼른 응원 겸의 맞장구를 쳐준다.

"볶음밥 드시고 가세요! 제가 맛있게 볶아드릴게요. 볶음밥은 제가 제일 잘하는 건데, 맛보시면 반하실걸요? 그리고 이대로 그냥 가시면 저도 섭섭할 것 같아요."

가게 사장도 사뭇 적극적으로 나선다.

"꼭 드시고 가셔야 합니다. 오늘 저희를 도와주신 데 대해 정말 어떻게 감사를 드려야 할지 모르겠지만, 우선 저희 가게에 있는 무엇이라도 그리고 앞으로도 언제든지 맘껏 드셔주시면 저희로서는 진심으로 영광이겠습니다."

진초희가 가볍게 이마를 찌푸린다. 그러나 그녀의 눈빛은 한층 밝아져 있다. 그런 데서 그녀의 찌푸림은 짐짓 못 이긴 체하는 시늉일 터다.

배가 무제한으로 큰 사람이야 어디 있겠는가?

치~직!

치지~익!

불판 위에서 볶음밥이 맛있게 익어간다. 소리와 냄새가 벌써 맛있다.

세희가 볶음밥 위에다 김 가루를 솔솔 뿌린다. 금방 버무린 부추무침도 먹음직스럽다.

그러나 김강한이 사실은 고역이다. 배가 무제한으로 큰 사람이야 어디 있겠는가? 이제는 더 먹기가 부담스럽다. 차라리 술을 더 마시라고 한다면 그건 몰라도, 볶음밥은 사실 반갑지가 않다.

그러나 진초희와 세희가 어느새 이런저런 얘기에 푹 빠져들어 있는 모습에, 김강한은 크게 한 숟가락을 떠서 입에다 욱여넣는다.

우리 진짜 언니 동생 하지 않을래?

"세희 씨는 궁금하지 않아?"

"예?"

"내가 어떤 사람인지 무얼 하는 사람인지 이름은 뭔지… 나에 대해서 궁금한 게 하나도 없어?"

"사실은 궁금해요, 많이!"

"그런데 아까 내가 준 명함은 보지도 않고 주머니에 넣어버렸어?"

"......"

세희가 쑥스러운 표정으로 대답을 대신한다. 그리고 지금이라도 명함을 꺼내 보려는 듯이 슬그머니 주머니에 손을 넣는 것을, 진초희가 가볍게 고개를 가로젓는다.

"아냐! 명함은 나중에 보고, 세희 씨 폰 좀 줘봐! 내 번호 찍어줄게! 괜찮지?"

세희가 수줍은 듯이 웃으며 자신의 휴대폰을 꺼내 조심스럽게 진초희에게 내민다. 진초희가 휴대폰을 건네받아서 자신의 번호를 찍고 이름까지 등록을 시킨 다음 다시 돌려준다. 새삼 궁금한 눈빛으로 폰에 찍힌 이름을 확인하던 세희가 저도 모르게 눈이 커지며,

"아......!"

하고 나지막한 탄성을 토한다. 먼저 진초희가 세희의 성이 진씨라는 것을 알고서 그 기묘하고도 특별한 우연에 놀랐던 것처럼, 지금 세희도 그런 기분을 느끼고 있는 것이리라!

"그래. 내 이름은 진초희야. 진초희와 진세희! 어때? 우연치고는 진짜 신기하지? 진짜 자매들 이름 같지 않아?"

진초희 빙그레 웃으며 하는 말에,

"네! 정말 신기해요!"

세희가 가감 없는 공감을 표한다. 그런 세희를 진초희가 잠시간 물끄러미 응시하고 있다가는 불쑥하니 묻는다.

"세희 씨! 우리 진짜 언니 동생 하지 않을래?"

갑작스러운 말에 당황이 커서일까? 세희가 그대로 얼어붙은 모습으로 멍한 채 진초희를 바라보고만 있다. 진초희도 그제야 당황스럽다. 좀 더 신중하고 진지하게 그녀의 진심을 전했어야 했는데, 너무 가볍게 마치 장난인 듯이 말을 해버리고 말았다.

"아까… 세희 씨가 날 언니라고 불렀을 때는 너무 좋아서 눈물이 다 나오려고 하더라고! 그런데… 괜히 나 혼자만 좋아한 거구나? 음……! 뭐, 괜찮아. 세희 씨가 내키지 않을 수도 있지. 그럼, 충분히 그럴 수 있어. 이해해. 내 욕심이 지나쳤던 거야. 괜찮아. 그래, 괜찮아!"

진초희가 애써 담담한 체해보려 하다가는, 결국 그녀 스스로를 위로하고 만다. 그때다.

"아, 아니에요! 저, 싫지 않아요!"

세희의 그 말은 마치 외치는 듯도 하고 터뜨리는 듯도 하다. 순간 진초희의 얼굴에 환한 웃음꽃이 핀다.

"그래? 그럼 세희 씨도 좋다는 거야?"

세희도 내심의 격정이 차오르는지 말보다는 얼른 고개부터 끄덕인다.

"그럼 불러봐!"

"……?"

"좋다며? 그럼 이제 정식으로 언니라고 불러야지?

세희의 얼굴이 발그레 상기된다. 그리고 마치 이제 막 말을 배우기 시작한 아이처럼 힘겹게 입을 뗀다.

"언… 니……!"

진초희가 참지 못하고,

"호호호!"

소리 내어 웃고는 짐짓 타박에다 독촉을 한다.

"그게 뭐야? 한 번 더! 확실하게!"

"언… 니! 초희 언니!"

진초희가 격한 감동으로 '와락!' 세희의 손을 부여잡는다.

"그래, 세희야! 고마워! 내 동생이 되어줘서 정말 고마워!"

세희의 순한 두 눈에 그렁그렁하니 눈물이 차오른다.

"언니, 고마워요! 정말 고마워요!"

그로서는 대신할 수 없는 종류의 것

김강한은 괜히 짠하다. 이제쯤에는 진초희에 대해 잘 안다고 생각했는데, 전부는 아니겠지만 거의 다 알게 되었다고 생각했는데, 오늘은 잇달아서 미처 모르고 있던 그녀의 또 다른 면모들을 보고 있다.

'그렇게 외로웠나?'

그도 있고 재단 사람들도 있지만, 그녀에게는 여전히 외롭고 허한 구석이 있었던 걸까? 다만 겉으로 티를 내지 않고 있었던 것인데, 오늘 처음 만난 세희의 어떤 무엇이 그녀의 그 외롭고 허한 구석을 민감하게 건드리고 만 것이리라!

미처 모르고 있었지만 설령 미리 알고 있었다고 해도, 그리하여 그가 최선을 다했다고 해도, 그로서는 채워주기가 어려운 종류의 외로움일 것이다. 지금 그녀가 세희와 공감하고 교감하는 그런 것! 그러나 그로서는 여전히 실감할 수 없고, 세희를 대신할 수도 없는 그런 것!

우걱우걱!

그는 볶음밥을 두 숟가락이나 입안 가득 퍼 넣고는 일부러 소리를 내가며 씹는다. 그러자 기대했던 대로 진초희의 눈총이 날아오고, 그는 짐짓 심술궂은 소리를 낸다.

"참, 눈물겹네! 이건 뭐, 어릴 때 헤어진 자매가 한 이십 년 만에야 상봉하는 자리 같네?"

그러나 진초희는 그의 심술에 장단을 맞출 여유는 없다는 듯이 곧장 다시 세희에게로 시선을 되돌린다. 그가 얼른 입안 가득한 내용물의 절반쯤을 목구멍으로 밀어 삼키고 나서 짐짓 환호를 터뜨린다.

"와~! 그럼 나한테도 처제가 생긴 셈인가?"

다시금의 방해에 진초희의 눈총이 매서워지는데,

"어머……!"

수줍어하며 얼굴에 발갛게 홍조가 물드는 것은 오히려 세
희다.

제3장
—
공동성명

무역 전쟁

　미국이 자국 이익 최우선의 극단적 보호무역주의를 표방하고 나오면서 전 세계와의 무역 전쟁을 불사하고 있다. 그런 중에 미국은 다시 군사적 동맹관계와 경제문제는 별개라는 논리까지도 주저하지 않는다. 한국에 대해서도 기존의 무역협정들에 대한 불공정 사례들을 들면서 협정 파기를 위협하며 재협상을 요구하는 등의 통상 압력을 강화하고 있다.

　한국으로서는 중국에 의한 2차적인 압박도 받는다. 즉, 미국과 중국 간의 무역 전쟁에서 경제 규모라든지 양국 간의 수출입 비중의 형태에서 아무래도 밀릴 수밖에 없는 중국이, 전쟁의 구도를 미국 대 국제사회 전체의 대결 양상으로 몰아가기 위해 국제적 대미 공조 전선의 구축을 시도하면서다. 그런 중에 대중(對中) 교역 비중이 높은 한국에 대해서도 자신들의 노선에 함께하라는, 최소한 미국의 편에는 서지 말라는 압박을 가하고 있는 것이다.

세계 무역 전쟁의 와중에 한국으로서는 이래저래 열강들의 핍박을 받는 양상이다.

북미 갈등

북미(北美) 간의 비핵화 협상이 교착 상태에 빠진다. 미국이 강경 일변도로 선(先)비핵화 조치를 요구하는 데 대해, 북이 체제 보장에 대한 조치 병행이 크게 미흡하다며 돌연 협상에서 발을 빼버린 까닭이다.

북미는 곧장 이전의 날 선 대치 상태로 되돌아가, 거친 언사로 서로를 비난하고 위협한다. 첨예한 갈등과 대립의 국면이 재개된 것이다. 미국은 추가적인 대북 제재 방안을 발표하고, 최대의 강력한 제재를 예고한다.

북미 간의 긴장이 다시금 고조되면서, 한반도에 잠시 돌았

던 평화의 무드를 틈타 적극적으로 남북 간 대화와 교류 협력
을 추진하려던 한국 정부의 모든 노력도 장벽에 가로막히고
만다.

적? 친구?

김강한은 진초희를 요새로 데려다주고, 최근 그가 숙소로
이용하고 있는 호텔로 돌아오는 길이다.

그런데 로비로 들어서던 차에 문득 와닿는 느낌이 있어 그
가 슬쩍 한번 주변을 일별한다. 셋이다. 말끔한 차림의 사내들
이다. 드러나지 않게 그를 살피는 그들의 모습에서는 고도로
훈련되고 절제된 느낌이 캐치된다.

'너무 안일했다!'

김강한은 잠깐의 자책부터 한다. 한동안 숙소를 바꾸지 않
았고, 심지어 진초희를 만나지 않는 시간 동안에 이용하는 식
당과 커피숍 등의 패턴까지 거의 동일했다. 그리하여 이윽고
는 그를 쫓는 자들에게 포착을 당하게 된 것이리라!

'혹시 그녀도⋯⋯?'

진초희 또한 저들의 시야에 포착되진 않았을까 하는 걱정
이 함께 드는 것은 당연하다. 그러나 일단 그럴 가능성은 낮
다는 판단이다. 그녀가 이곳 호텔 근방에 온 적은 한 번도 없

거니와, 더욱이 그녀가 요새에서 나오고 다시 요새로 돌아가는 경로와 방식은 누구도 추적하기 어려울 것이다.

'적? 친구?'

적이라면 바로 맞닥뜨리기보다는 일단 피한 다음에 역추적으로 정체를 알아보는 것이 좋겠고, 친구라면—친구라고 할 사람들이야 지극히 제한적이긴 하지만— 무슨 이유로 그를 찾는지 궁금할 노릇이다.

VIP께서 긴급하게 보자십니다!

김강한은 엘리베이터를 기다리는 척하다가 슬그머니 비상구 쪽으로 향한다. 누가 보면 성질 급한 사람이 좀처럼 내려올 줄 모르는 엘리베이터를 기다리다 못해 비상구 계단으로 올라가려나 보다 하고 생각할 법하다. 더하여 그가 묵고 있는 객실이 3층에 있다는 걸 알고 있는 사람이라면 더욱이 그럴 테고!

비상구 철문을 열고 안으로 들어선 그는 한달음에 계단을 타고 내려 지하 1층에 도착한다. 발자국 소리도 나지 않는 순식간의 움직임이다. 그리고 잠시 뒤 다시 1층의 비상구 철문이 열리며 누군가 안으로 들어서는 기척이 난다. 아마도 3층에 그가 나타나지 않자 확인에 나선 것일 터다.

그자가 로비에서 봤던 자들 중의 하나인지를 확인하는 데는 굳이 얼굴을 볼 필요 없이 계단을 오르는 기척만으로도 충분하다. 날렵하고 민첩하다. 더욱 날렵하고 민첩하게 계단을 뛰어 올라간 김강한은 2층과 3층의 중간 계단쯤을 오르고 있는 사내를 간단히 따라잡는다.

툭!

아무런 기척도 없었는데 갑자기 등 뒤에서 누군가 가볍게 어깨를 치는 돌발에 그자가 소스라치게 놀란다. 그러나 그런 중에도 그자는 반사적으로 몸을 낮추면서 회전시킨다. 그러나 그런 대응은 다만 그자의 생각과 신경조직까지만 이루어진 것이고, 막상 그자의 신체는 아무런 움직임도 만들어내지 못한다. 뒤늦게야 자신의 전신이 마비되었으며 소리조차 지를 수 없다는 것을 깨달은 그자가 새삼 경악하고 말 때다. 김강한이 그자의 앞으로 돌아 나오면서 느긋한 투로 말을 건넨다.

"난 성질이 몹시 급한 사람이야. 묻는 말에 즉각적으로 대답이 안 나오면 일단 팔다리 중에서 한군데를 부러뜨리고 나서 다시 묻는다. 알았어?"

그리고 사내의 막혔던 말문이 트인다.

"아······! 조태강 씨 맞으십니까?"

사내가 당황한 중에도 다급하게 묻는 말에, 김강한이 건조하게 반문한다.

"알고 온 거 아냐?"

사내의 말이 더욱 급해진다.

"VIP께서 긴급하게 보자십니다."

"VIP? 어떤 VIP?"

"대통령이십니다."

극비의 긴급 사안

"절 왜 또 보자고 하신 겁니까?"

김강한이 군이 끼워 넣는 '왜 또'가 주는 불편함 때문이었을까? 백인호 대통령은 첫마디부터 질책하는 투다.

"아니, 자넨 도대체 어떻게 된 건가? 국가정보망을 총동원했는데도 도무지 찾을 수가 없으니 말이야?"

대통령의 그 말에서는 숨길 수 없는 조급함이 비치는 듯도 하다. 아마도 말 그대로의 총력을 동원해서 긴급하게 그를 찾았던 모양이다.

'아니, 질책을 하려면 정보망의 허술함을 탓해야지 엄한 사람을 왜 탓하십니까?'

물론 그런 반박이야 김강한의 머릿속 생각에서일 뿐이지 입 밖으로 나오지는 못한다. 하긴, 최근의 그가 그야말로 무적자(無籍者)였긴 하다. 아무런 추적의 단서도 없는! 아마도 그가 약간의 안이함을 보이지 않았다면, 대통령은 여전히 그를 찾지 못했을 수도 있을 것이다.

"극비리에 처리해야 할 긴급하고도 중대한 사안이 생겨서 자네를 찾았네."

대통령의 그 말에는, 김강한이 굳이 하지 않으려던 충고의 말을 슬쩍 뺄고야 만다. 그를 찾기 위한 기왕의 분주함이야 이미 엎질러진 물이니 어쩔 수 없는 노릇이라고 할지라도, 이 제부터라도 경각이 필요하겠기에!

"극비리에 처리해야 할 사안이라면, 그 비밀을 아는 사람의 수부터 최소화해야 하는 것 아닙니까?"

그의 의중을 어떻게 받아들였는지 대통령은 희미하게 웃음 기를 비친다. 그러고는 이내 정색으로 받는다.

"물론일세. 나 외에는 단 한 사람만 알고 있었는데, 이제 자 네가 두 번째가 되는 것이지. 물론 어쩔 수 없이 움직일 수밖 에 없는 최소한의 인원들이 있지만, 그들은 이 사안 자체에 대 해서는 전혀 알지 못한 채 그저 명령에 따르는 것이니, 이 극 비 사안의 우리 측 공유자는 단 세 명뿐인 셈이지."

"혹시 저 말고 다른 한 사람의 공유자는 국가 원로 회의의 멤버입니까?"

"최 의장을 말하는 건가?"

"예!"

"아닐세. 그는 이 일에 대해 전혀 알지 못하네. 그런데 그건 왜 묻나?"

"아닙니다."

김강한이 대답을 하지 않고 넘어가려 하지만, 대통령은 여전히 그에게 시선을 주고 있다. 마치 대답을 들어야겠다는 듯이! 그에 김강한이 곧바로 화두를 돌려 버린다.

"그런데 극비의 긴급 사안이라는 게 뭡니까?"

제안

"며칠 전에 북한 측으로부터 긴급한 제안이 하나 들어왔네. 남북 정상 간 긴급 비밀 회동을 갖자는 것일세. 바로 내일 새벽! 판문점에서!"

이어지는 백인호 대통령의 얘기 골자는 이렇다.

북한의 김성(金省) 국무 위원장이 밀사를 통해 청와대로 친서를 보내왔다. 남북의 정상이 직접 만나서 허심탄회하게 대화를 나눔으로써 남북 관계 전반에 건곤일척의 일대 진전을 이뤄내 보자는 내용이다.

즉, 현재 남북 간에 걸려 있는 제반의 문제점들과 갈등 요인들에 대해 그야말로 대승적인 공감과 포용하에 쾌도난마의 방식으로 일거에 잘라내 버리고 남북통일의 궁극적 목표를 향해 성큼 큰 걸음을 내디뎌 보자는!

고심

지금 시점에서 북측이 어떤 의도로 그런 제안을 했는지에 대해서는 백인호 대통령으로서도 판단하기가 어렵다.

이것이 난마처럼 얽혀 버린 현재의 남북 관계를 타개하기 위한 진정에서인지! 아니면 한미 관계의 이간을 획책하고 남한 내부의 혼란과 갈등을 부추기는 등의 정치적 모략과 기만 책동의 일환인지조차도!

오직 확실한 건, 선뜻 응하기에는 엄청난 리스크가 따라붙는다는 것이다.

'날짜가 너무 촉박하다는 등의 이유를 대서 일단은 시간을 벌어볼까? 그리고 저들이 숨기고 있는 속셈이 뭔지 면밀하게 따져보고 또 다각도의 안전장치를 강구한 다음에, 오히려 우리 측에서 회담을 역제안해 볼까?'

하는 등등을 포함해서 지난 며칠간에 대통령의 고심이 정말 깊었다.

판단과 기대

'한미 관계의 이간을 획책하기 위해서다! 과연 그럴까?'

미국은 이미 자국 이익 최우선 주의에 따라 전 세계를 대상으로 무역 전쟁을 벌이고 있는 중이고, 우리나라와도 이미 여러 부문에서 경제 전쟁을 벌이고 있는 마당이다. 그런데 북한이 굳이 이런 방식까지 동원해서 다시 이간을 획책할 필요까지가 있을까?

'남한 내부의 혼란과 갈등을 부추기기 위해서다! 글쎄?'

과거라면 몰라도 지금 현재의 대한민국에 그런 구태(舊態)의 모략과 책동이 여전히 통할까? 민도(民度) 즉, 국민들의 생활수준은 물론이고 그동안의 민주화를 통해 국민들의 의식 수준에 있어서도 명실공히 선진국의 반열에 올라 있는 대한민국이다. 그런 유치한 획책 따위로 일시의 혼란은 생길지언정, 이내 수습하고 정화시킬 수 있는 충분한 사회적 역량이 있는 것이다. 오히려 그런 획책은 무리수로 작용하여 북한이 더 큰 혼란에 직면하게 될 수도 있다. 우상화된 지도자 한 사람이 절대 권한을 행사하는 폐쇄사회에서, 그 절대적인 지도자의 가볍고도 유치한 획책 따위는 자칫 예측하기 어려운 후과(後果)를 맞을 수도 있는 것이니 말이다.

일련의 부정(否定)과 의심에 정면으로 맞서본 끝에 대통령은 추론을 좁힐 수 있었다.

'북한의 이 제안은 진정일 가능성이 더 크다. 혹은 진정이 아니더라도 그들로서는 피할 수 없는 선택의 기로에 선 것일 수 있다. 김 위원장의 비핵화 강행에 북한 군부의 불만과 저항이 이윽고 한계수위에 도달했고, 더하여 도무지 개선될 기미를 보이지 않고 있는 궁핍에 대한 북한 주민들의 불만 또한 더는 인내하기 어려운 한계에 도달해서, 무언가 즉각적이고도 획기적인 돌파구를 마련하지 않으면 안 되는 급박한 상황에 직면한 것일 수 있다. 그런 게 아니라면 굳이 이런 제안을 해올 까닭은 없을 것이다.'

나아가 일말의 기대까지를 품게 된다.

'일단 남북의 정상이 만난 다음에는 서로가 배수진을 친 절박한 심정으로 회담에 임하지 않을 수 없을 것이다. 비밀 정상회담을 하고서도 아무런 결과를 도출하지 못한다면, 남북정상 모두 엄청난 후폭풍에 직면하게 될 것이라는 점에서!'

사명과 책무

백인호 대통령은 이윽고 최종적인 결정에 이른다. 사뭇 비장하게! 조건 없이 북한의 제안을 수용하기로!

분단국가인 대한민국의 대통령으로서 그가 가장 중요하게 보는 관점의 하나는 바로 전쟁이다. 즉, 그것이 북미 간의 전쟁이건 남북 간의 전쟁이건, 한반도에서 어떠한 형태의 전쟁도 다시는 일어나서는 결코 안 된다는 관점이다.

어떠한 경우에도 전쟁은 최악이요 공멸이다. 그 어떤 대가를 치르더라도 전쟁으로 가는 것만은 막아야 하며, 그것이야말로 대통령으로서 그의 최우선 사명이자 책무인 것이다.

그가 북한의 이 돌발적인 제안을 거부할 수 없는 것도 바로 그런 이유에서다. 물론 결과적으로 대통령으로서 너무 경솔하고 무모했다는 비난과 지탄만 남게 될 수도 있겠지만, 그러나 그는 이번 일에 대통령직은 물론이고 나아가 그의 목숨까지를 걸 각오다.

또 다른 한편으로 그는 북한의 이 제안을 하늘이 우리 민족에게 주신 천재일우의 기회이자 마지막의 행운일지도 모른다는 생각을 해본다. 그런데도 온 힘을 다해 치열하게 부딪쳐보지도 않고, 다만 그 위험만을 두려워하여 이 기회 자체를 놓쳐 버린다면, 헛되이 저버린다면, 그는 역사와 민족 앞에 씻을 수 없는 죄를 짓는 것이 되지 않겠는가?

자네라면

북측에서는 이번 회동에 대해 전체를 알고 있는 사람이 김성 위원장 자신을 포함해 단 세 명뿐이며, 경호와 판문점까지의 극비 이동을 위해 필수 불가결한 인원까지를 모두 합치더라도 10인 이하로 맞추겠다고 했단다.

그것은 이번 남북 정상의 비밀 회동에 대한 정보가 미리 새 나갈 경우 시작도 하기 전에 일이 무산되고 말 수도 있으니, 모든 절차와 양측의 인원을 그야말로 최소화함으로써 철저히 보안을 유지하자는 취지일 터다. 그리고 남측에 대해서도 그렇게 해달라는 요구이기도 하겠고!

"처음에는 내가 움직인다는 눈치를 아무도 채지 못하도록 잠행을 할 생각도 해봤었네. 아예 경호처마저 배제해 버리고 말이지. 그러나 그건 안 되겠더군. 청와대라는 곳이, 그리고 대통령이라는 자리가 그렇게 자유롭지가 않아. 특히나 경호처가 관련되지 않고는 청와대 바깥으로 한 발자국도 못 움직여. 그리고 어떻게 해서 경호처를 배제시킬 수 있다고 해도, 그렇게 되면 그들로서도 주어진 임무와 책임을 전혀 하지 못한 것으로 되니, 나중에 억울하게 옷 벗는 사람이 생길 수도 있는 문제 아닌가?"

말끝에 백인호 대통령은 이어질 말에 대해 미리 우스웠던지 나직이,

"후훗!"

소리 내어 웃고 나서 다시 말을 잇는다.

"경호처장을 설득하는 건 정말 힘들었네. 이 양반이 아주 뼛속까지 군인이라 원칙주의자에다 도무지 고집불통인 거라. 그런 양반한테 자세한 사정을 설명하지도 못하고 그냥 '극비

리에 외부에 좀 나갔다 올 일이 있으니 자세한 사정은 묻지 말고 경호를 일곱 명 이하로 최소화시키시오!'라고만 했더니, 이 양반이 차라리 자기 목을 내놓으라면 내놓겠는데 그렇게 는 절대로 못 하겠다는 거라. 허허허! 그래, 내가 아주 통사정 을 하고, 또 최소한의 타협을 하고 나서야 겨우 설득을 했네. 그 최소한의 타협이 바로 자네야. 자네가 동행할 거라는 얘기 를 하고서야, 그 고집불통이 겨우 설득을 당하는 척이라도 해 주더라고!"

말을 멈춘 백인호 대통령이 문득 웃음기를 거두고 나서 덧 붙인다.

"자네라면 어떤 돌발 상황에서도 날 지켜줄 수 있을 것이라 고 믿네! 자넨 본래부터 VSGO이기도 하고! 그렇지 않은가?"

김강한이 문득 새삼스럽다.

VSGO! VIP Security Guard One! 대통령의 근접 위치에서 단독으로 비밀 경호를 수행하는 비밀 경호원! 만약의 위급 상 황이 발생했을 때 그 단독의 역량으로 능히 대통령을 지켜낼 수 있는 특별, 그 이상의 능력을 지닌 1인 경호원!

다른 한 사람

"아무튼 잘 부탁함세!"

백인호 대통령이 불쑥 손을 내민다. 김강한이 어쩔 수 없이 그 손을 맞잡기는 하지만 여전히 명쾌하지가 않다. 그러나 이러한 종류의 판단과 결정은 백인호 대통령만이 할 수 있는 것일 테니, 그가 명쾌한지의 여부는 별로 중요한 것도 아닐 터다. 그리고 어쨌거나 대통령이 내미는 손을 맞잡은 이상에는 더욱이! 다만 그럼에도 궁금증이 남는 건 있다.

"아까 이 사안에 대한 공유자가 대통령님과 저 외에 한 사람 더 있다고 하셨는데, 그가 누구인지 여쭤봐도 되겠습니까?"

김강한의 질문에 대통령이 설핏 이채를 떠올린다. 그러나 곧바로,

"박광천!"

하고 간단하게 대답을 낸다. 순간 김강한이 차라리 얼떨떨하기까지 하다. 전혀 예상하지 못했던 이름인 까닭이다. 그런 그에게서 '수긍하기 어렵다!'는 기색을 읽었던지, 대통령이 가벼운 투로 덧붙여 묻는다.

"왜 박광천이냐고 묻고 싶은 표정이군? 남북 관계라든지 통일 정책 분야의 쟁쟁한 전문가들도 많은데 말이지?"

아닌 게 아니라 사실이 그렇다. 이 긴박하고도 중대한 회동에 대통령을 보좌할 실질적인 수행원이라곤 단둘뿐인데, 김강한 자신이야 경호 외에는 별 도움이 되지 못할 테고, 그렇다

면 다른 한 명이야말로 정무적(政務的)인 측면에서 정말로 중요한 보좌를 해야 할 것이 아닌가? 그런 터에 왜 하필이면 국민소통수석이란 말인가? 당장 홍보가 필요할 것도 아니지 않는가?

그러나 아무리 편하게 대해준다고 해도 대통령에게 대놓고 그런 의문 내지는 이의를 제기하기는 또 그래서, 김강한이 그냥 아무 반응을 보이지 않는 것으로 수긍을 대신한다. 대통령이 담담한 미소를 떠올리며 다시 말을 보탠다.

"이번 회동에서 필요한 것은 구체적 분야에서의 전문적인 견해보다는 남북 관계와 통일에 대한 통찰과 신념이리라는 생각일세. 전문가들의 역할이 필요한 것은 그다음 단계가 되겠지. 그래서 박광천으로 한 걸세. 내 오랜 친구이자 국정 철학에서부터 보편적 가치관에 이르기까지 정치적 동지의 길을 걸어온 그 친구야말로, 이번 회동에서 어떤 예기치 못한 상황을 맞게 되더라도 그가 내 옆에 있는 것만으로도, 내가 흔들리지 않고 균형감을 유지하도록 굳건하게 지탱을 해줄 수 있는 사람이지."

비장한 각오

새벽 시간! 청와대 연풍문으로 차량 3대가 소리도 없이 조용히 미끄러져 나온다. 미리 통보가 있었던지 경비 초소 근무자는 간단히 차량 번호만 확인하고 곧장 통과를 시킨다.

3대의 차량 중 가운데 차량의 뒷좌석에는 백인호 대통령과 김강한이 타고 있다. 운전대를 잡은 건 박광천 국민소통수석이다. 그의 얼굴이 딱딱하게 굳어 있는 것은 어쩔 수 없는 긴장과 비장한 각오 때문이리라!

그들은 곧장 판문점을 향해 달릴 것이다. 그리고 그들이 판문점에 도착해서 북측과 정상회담을 시작할 즈음에야 청와대 비서실장과 안보실장, 그리고 국무총리에게 각각 대통령의 친서가 긴급하게 전달될 것이다.

친서에는 현재 판문점에서 일어나고 있는 상황에 대한 간략한 설명과, 그곳에서 만약의 사태가 발생할 경우에 각자의 위치에서 국가적 혼란을 최소화하고 공백 없이 국정을 책임지도록 지시하고 당부하는 내용이 담겨 있다.

당장에 그 근거까지를 추론해 보기는 어렵지만

오전 6시! 판문점 공동경비구역 내 북측 통일각!

1층 건물로 오르는 계단 위의 현관 앞에 나와 섰던 북측의 세 사람이 남측의 세 사람을 맞는다. 백인호 대통령의 좌측 한 걸음 뒤를 따르던 김강한은 순간 흠칫 놀라고 만다. 그들

북측의 세 사람이 주는 익숙함 때문이다. 김성 국무 위원장이 야 워낙 매스컴에서 많이 봐왔으니 그 모습이 익숙할 법도 하다. 그러나 김성 국무 위원장의 한 걸음 뒤쪽 좌우로 선 일남 일녀의 익숙함에 대한 놀람이다.

일남 일녀 중 김성 국무 위원장의 좌측 뒤로 선, 펑퍼짐한 살집의 비만한 체구에 걸맞지 않게 무겁고도 차분해 보이는 인상의 사십 대 중후반쯤의 사내! 바로 그다. 북한의 잠재적 1호! 북한의 현재 정권에 의해 스탠딩 오더로 제거 지시가 내려졌으며, 그가 가진 상징성과 혈통의 정통성 등에 의해 북한의 급변 사태 발생 시 차기 정권을 이을 1순위로 평가받는다는 인물! 자신이 정권을 이을 경우를 상정하여 한국의 중요 인사들과 우선적으로 교감할 기회를 원한다며 비밀리에 서울에 와서 17호 안가에서 며칠 머물 때, 김강한이 경호를 맡은 바 있었던! 바로 김찬이다.

그리고 김성 국무 위원장의 우측 뒤로 선 차가운 아름다움과 도도한 기품이 확연하게 돋보이는 이십 대 후반쯤의 여인! 바로 그녀다. 구대마존맥 중 요마존맥의 당대 계승자로 천락비결의 대성을 위한 최상의 자질을 갖춰 천락비결의 궁극인 천락천유정경(天樂天遊情境)의 경지에 도달한 여인! 김강한이 천락천유정경의 몽중 정사 중에도 끝까지 평정심을 유지하는 바람에 오히려 그에게 정신적 종속을 당하게 되었으나, 그녀

스스로는 여전히 그를 종속시킨 것으로 믿는 여인! 바로 유미,
아니, 요마다.

그들 두 사람이 어떻게 이 자리에 나오게 된 것인지 김강한
으로서는 의혹이 생기지 않을 수 없는 노릇이다. 나아가 그가
지금의 이 자리에 오게 된 데에도 어쩌면 그들이 영향을 끼친
부분이 있을지도 모르겠다는 추측도 문득 드는 것이다. 당장
에 그 근거까지를 추론해 보기는 어렵지만!

          오랜만이오! 조 선생!

남과 북의 정상이 간단한 인사말을 나누고 서로의 수행원
들을 인사시킨 다음에 회의장 안으로 향하는 중에, 슬쩍 김
강한에게로 다가선 김찬이 빙그레 웃으며 나직이 인사를 건넨
다.

"오랜만이오! 조 선생!"

그런 모습에서는 여유로움과 담담한 위엄 같은 것이 느껴져
서, 김찬은 예전 그때와는 사뭇 다른 인물처럼 보이기도 한다.

"잘 계셨나요?"

또한 가볍게 곁으로 다가서며 속삭이듯이 인사를 건네는
요마에게서는 감미로운 향기가 풍긴다. 그리고 촉촉하고도 애
틋한 그 눈빛에서는 마치, 그리던 정인을 오랜만에 만난 여인

의 정감이 넘실대는 듯하다. 김강한은 새삼 생생하게 떠올리지 않을 수 없다.

"당신은 이제부터 영원히 내 편이에요. 그 어떤 경우에도!"

그 노골적이고도 폭발적이던 유혹을!

위대한 1시간이 될지도

테이블에는 남과 북의 두 정상만 마주 앉는다. 양측의 수행원들은 회담장의 양쪽 끝으로 물러난다. 그리고 두 정상은 덕담 몇 마디를 주고받은 다음 곧장 밀도 있는 대화로 들어가는 모습이다. 두 사람 모두 이 자리에 오기까지는 이미 단단한 각오가 되었을 것이며 많은 것들을 내려놓았을 터다.

박광천 수석은 온 정신을 다해 정상들 간의 대화에 집중하고 있다. 그런 것은 김찬과 요마도 마찬가지다. 다만 김강한은 잠시간 귀를 기울이다가는 이내 집중력이 흐트러지면서, 이런저런 혼자만의 생각에 빠져든다. 그렇게 그가 이 역사적이고도 중차대한 자리와는 전혀 상관없는 그야말로 잡생각들에 빠져 있는 사이에도 시간은 빠르게 지나간다.

이윽고 두 정상이 대화를 끝낸 건 기껏 1시간 남짓 만이다. 그러나 어쩌면 10시간 같은 1시간일 수도 있고, 나아가 수십 년간이나 이어져 온 민족 분단의 시간을 이윽고 마감시킬 수 있는 위대한 1시간이 될지도 모를 일이다. 자리를 털고 일어서는 두 정상의 사뭇 상기된 얼굴에서도 그런 기대를 가져보게 된다.

두 정상이 작별의 악수를 나누는 동안 김강한은 애써 시선을 피하고 있다. 애틋함과 뜨거움이 교차하는 듯한 요마의 눈빛과 미소에 대해서다.

'조만간에 우리는 다시 만나게 될 거예요. 그때는 우리 뜨겁게, 정말 뜨겁게 회포를 풀어요! 그럼 잠시간만 또 안녕!'

요마의 눈빛이 그렇게 말하고 있는 듯하다.

솔직하게 좀 말해주소!

서울로 돌아가는 차 안이다. 김강한이 운전대를 잡고 박광천 수석이 대통령과 함께 뒷좌석에 탔다. 이제야 긴장이 풀린 듯이 대통령은 기진맥진한 모습이다. 1시간 남짓의 회담에 모든 기력과 의지를 다 쏟아부은 것이리라!

"고생하셨습니다!"

박광천 수석의 짧은 위로에 대통령이 긴 한숨을 뱉고 나서야 무겁게 말을 꺼낸다.

"박 형! 박 형이 보기에는 어땠소? 내가 잘한 것 같소? 돌이킬 수 없는 실수를 한 건 아니오? 솔직하게 좀 말해주소!"

박광천 수석이 또한 가만히 한숨을 불어 내쉬고 나서야 차분하게 대답을 낸다.

　"이번 남북 정상 간에 전격적으로 합의된 내용들이 순탄하게 이루어지기만 한다면, 오늘을 기점으로 대한민국과 우리 민족의 역사가 달라진다고 해도 과언은 아닐 겁니다. 물론… 여러 형태의 변수가 생길 것이고, 거친 비판과 거센 반대도 당연히 있겠지요. 그리하여 불가피하게 축소되고 혹은 변경이 되고, 또 혹은 아예 폐기되고 마는 항목들도 분명 생길 겁니다. 그러나 아무리 나쁜 경우라도 이번을 계기로 남북 관계가 실질적으로 한 걸음 앞으로 나아가리라는 것과, 그리하여 한반도에서의 전쟁 위협이 크게 완화되리라는 것은 분명하니, 그것만으로도 이번 남북 정상 간의 만남은 대단한 의미를 가진다고 하겠습니다."

　대통령이 묵묵히 듣고 나서 천천히 고개를 끄덕이며 엷은 미소를 떠올린다.

　"박 형이 그렇게 말을 해주니, 이제야 조금 안도가 되는군! 고맙소!"

요청

　"우리 북조선의 체제 유지를 위해서도 경제 우선 정책으로의 전환은 선택이 아니라 필연입니다!"

김성 국무 위원장이 진솔하게 털어놓은 화두다. 그동안 고수해 온 선군 주의로 인해 북한의 경제기반은 쇄락했고, 더욱이 핵무장으로 인해 지속적으로 그 강도를 더해온 국제사회의 제재로 민생은 더 이상 버틸 수 없는 파탄 지경에 이르렀으니, 이대로라면 정권의 존립 자체가 흔들리고 말 상황에 근접해 있다는 것이다.

그러나 북한이 위기를 타파하기 위해 최근 몇 차례의 북미 협상에 나름 적극적으로 임해오고 있지만, 미국은 자신들의 국내 정치용 명분만 챙기기 위한 일방적인 입장만 강변하고 있다. 즉, 선(先)비핵화 완결 후(後)경제 지원의 원칙이다. 그러나 완전한 비핵화와 그 검증에는 복잡한 절차와 상당한 시간이 소요되니, 사정이 급한 북한으로서는 수용하기가 어렵다.

북한과 동맹관계인 중국이나 러시아가 북한의 입장을 두둔한다고는 하지만, 그들 또한 UN의 일원으로 대북 제재의 틀에 묶여 있는 처지이다. 더욱이 한 걸음만 안으로 들어가면 그들 역시 자국의 이익이 우선이라, 북한이 기대볼 여지는 별로 없는 형편이다.

"결국 우리에게 실질적이고도 실효적인 지원을 해줄 곳은 남한 외엔 없습니다!"

김성 국무 위원장이 내린 결론이다.

"만약 북조선이 급격하게 붕괴된다면 남한에게도 전쟁과 버금가는 충격이 가해질 것입니다. 더욱이 그때에 한반도 주변 정세가 어떻게 격동 칠지 누구도 장담하기 어려우니, 민족의 염원인 통일도 요원해질 수 있습니다. 그런 만큼 북조선이 외부의 도움을 절실하게 필요로 하는 지금, 남한이라도 우리의 의지를 믿어주고 우리가 당면한 어려움을 극복하고 나아가 경제적 부흥을 이룰 수 있도록 대승적이고도 전격적인 결단을 내려주시기를 요청합니다! 북조선 또한 남한이 제시하는 방식을 전격적 전폭적으로 수용하겠습니다! 그래서 우선 북남 간의 경제적 통일부터 이루어내도록 합시다! 그러면 북남 간 체제의 문제는 시간의 문제일 뿐, 저절로 해결되지 않겠습니까? 그렇게 되는 것이야말로, 민족의 완전한 통일로 나아가는 가장 현실적인 방식이 아니겠습니까?'

김성 국무 위원장의 호소이자 요청이다.

고민과 대안

남북 정상들이 대의적인 명분에서야 비교적 수월하게 공감에 다다를 수 있었을지라도, 그러나 세부적이고 실질적인 합의에 이르기 위해서는 당장의 현실적인 고민에 봉착하지 않을 수 없다.

통일이 아무리 민족적 염원이라고 해도 막상 그 대장정을 실제적으로 시작하고자 하면 당장에 엄청난 저항에 직면하게 되는 것이다. 여전히 존재하고 있는 남북 간의 이념 갈등이 다시금 극명하게 표출될 것이고, 남북 상호 간 그리고 남북 각자의 내부적으로도 각종의 명분과 이해타산에서 무수한 갈등들이 파생되어 나올 것이다.

더욱이 통일은 남과 북만의 문제가 아니다. 당장에 걸려 있는 국제사회의 대북 제재를 포함해서, 한반도를 둘러싼 주변국들의 상황과 세계열강들의 이해관계가 복잡하게 얽혀 있다. 더욱이 대체적으로 그들은 남북의 정세에 어떤 변화가 오기를 바라지 않는다. 현재의 상황이 안정적으로 관리되는 쪽이 각기 자국의 이익에 부합한다는 견해와 입장들인 것이다.

따라서 남과 북이 합의하여 일단 통일의 대장정을 시작한다면 양쪽 모두 조금의 흔들림도 없이 거침없이 끝까지 꿋꿋하게 각종의 저항과 상황을 돌파하고 타개해 나가야만 할 것인데, 그런 관점에서 남북 정상 각자의 고민이 없을 수는 없는 것이다.

'과연 신뢰할 수 있나?'

백인호 대통령이 북측에 대해 가지는 가장 밑바닥의 고민이자 최종의 고민이다. 북한의 진짜 의도가 다른 데 있는 게 아닌가 하는 어쩔 수 없는 근원적 의심이기도 하다.

'우리는 지금 경제와 민생의 붕괴로 체제의 존립마저 흔들리고 있는 다급한 상황이다. 북남 간의 합의가 일단 이루어지면, 그 어떤 상황이 벌어지거나 저항에 직면할지라도 즉각적으로 합의를 이행하는 행동에 나서는 것으로써 우리의 의지가 얼마나 굳고 단단한지를 보여줄 것이다. 그것 말고 또 어떤 신뢰가 더 필요하겠는가?'

김성 국무 위원장이 내보인 의지다. 아울러 그는 그의 입장에서 가지는 고민과 그것에 대한 대안까지를 제시한다.

'4년 뒤엔 남한의 대선이다. 그때 만약 정권이 교체된다면, 지금의 합의는 보장할 수 없게 되지 않겠는가? 따라서 합의는 대통령의 남은 임기 4년 동안에 실행할 수 있는 내용들이 위주가 되어야 한다. 더불어 그 4년 동안의 실행으로 차기의 정권이 그다음 단계로의 진행을 뒤집을 수 없을 만큼의 강력하고도 불가역적인 요소들이 포함되어야 할 것이다!'

공동성명

대한민국 백인호 대통령과 조선민주주의인민공화국 김성 국무 위원장은 평화와 번영과 통일을 염원하는 온 겨레의 한결같은 지향을 담아, 한반도에서 역사적인 전환이 일어나고 있는 뜻깊은 시기에 판문점 통일각에서 남북 정상회담을 진행하였다. 양 정상은 한반도에 더 이상 전쟁은 없을 것이며 새로운 평화의 시대가 열리었음을 8천만 우리 겨레와 전 세계에 엄숙히 천명하고 다음과 같이 합의하였다.

1. 남과 북은 남북 관계의 전면적이며 획기적인 개선과 발전을 이룩함으로써 끊어진 민족의 혈맥을 잇고 공동 번영과 자주 통일의 미래를 앞당겨 나가기로 선언하고, 남북 간에 상호 불가침조약을 포함한 평화협정을 체결하기로 합의하였다.

2. 남과 북은 평화를 바탕으로 경제적 공동체를 추구함으로써 민족 경제의 균형적 발전과 공동 번영을 이룩하기로 선언하고, 향후 20년에 걸친 단계적 추진 계획과 그 일 단계인 남북 경제협력 4개년 계획에 합의하였다.

(후략)

제4장
—
초(超)무기체계

국내 여론

그야말로 전격적이고 충격적인 남북 정상회담의 합의 내용 발표 직후, 전 세계가 놀라는 반응을 보이는 중에 한국의 국내 여론은 환호와 환영의 일색이다. 조심스러워하고 우려하는 일각의 반응들은 압도당하고 만다.

제기(提起)

그러나 곧 미국의 공식적인 반응이 나온다.

[국제사회가 공조하여 강력한 대북 제재를 이행하고 있는 상황에서, 북한의 완전한 비핵화 전까지는 한국이 독자적으로 남북 경협을 재개하는 것에 동의하기 어렵다!]

미국은 특히 남북 정상의 합의 내용 중 남북 경제협력 4개년 계획에서 구체적으로 언급된 바의, 중단됐던 개성 공단과 금강산 관광특구 등의 기존 남북 경협의 즉각 재개 및 경기도와 강원도의 접경지역에 대규모의 경제특구를 추가로 설치하는 등의 향후 4년 동안에 이루어질 세부 실행 계획들에 대해서는 좀 더 강한 뉘앙스로 문제를 제기하고 나선다.

즉, 남북 경제협력 4개년 계획의 실행은 남북한 모두를 심각한 경제적 난관과 위기로 몰고 갈 위험이 있을 뿐만 아니라, 아울러 그 부정적 영향은 주변국들과 세계경제에까지 심각한 타격을 줄 수도 있다는 요지다.

나아가 남북의 통일은 결코 남북 간의 합의만으로는 추진될 수 없으며, 주변의 이해 관련국들을 완전히 배제하는 형태의 그 어떤 남북 경협 계획에도 결코 동의할 수 없다고 선을 긋는다.

즉, 최소한의 관련국들이 참여하는, 이를테면 북한 핵문제

해결을 위한 모델이었던 6자회담 등의 기존 틀 내에서라도 공동으로 다루어져야 하며, 설령 거기에서 합의에 이른다고 하더라도 통일에 수반될 충격을 완화하기 위해서는 충분한 시간을 두고 진행되어야만 한다는 주장이다. 더하여 그렇지 않은 모든 시도에 반대하며, 그럼에도 강행한다면 중대한 반발에 직면하게 될 것이라는 경고성의 멘트까지 낸다.

혼란

한국 내 여론의 판도는 급변한다.

정치적 통일이건 경제적 통일이건, 지금 통일을 서둘면 막대한 통일 비용을 남한이 감당하지 못하여 결국 공멸하고 말 것이니 아직은 시기상조라는 주장이 나온다.

뒤이어 분단 후 이미 두 세대가 바뀌었으니 민족적 동질성이 여전하다고 할 수도 없는 상황에서 과연 통일이 어떤 의미가 있을지에 대한 근원적인 고민이 있어야 한다는 등의 다양한 반대의 주장과 논리가 쏟아져 나온다.

그리고 그중의 일부는 곧장 격화되어 남북 정상의 합의 내용에 대한 반대 시위로 이어지기까지 한다.

그런가 하면 북측의 기류도 심상치 않다. 북한 군부 내의 반발 기류에 대한 보도가 나오고, 이윽고는 쿠데타 시도설까지 흘러나온다.

착수(着手)

내부적으로 혼란이 격화되고 대외적으로 부정적인 반응들이 이어지는 중에도, 남북 지도자들은 강력한 의지를 보이며 합의된 내용의 실행에 착수한다.

남한의 경우, 국회의 동의 없이 정부 내각의 선에서 집행이 가능한 범위에서 우선 합의 내용을 실행할 전담 기구들을 조직하고 관련 예산들을 확보하는 조치에 들어간다.

그런 한편으로는 정부의 고위급 인사들을 미국으로 보내 양국 간의 이견을 해소하기 위한 노력을 병행한다.

고조

미국은 교착 상태에 있는 북미 회담이 더 이상 실효성이 없다고 공표한다. 이어 항공모함과 핵잠수함 그리고 B-2 스텔스 폭격기와 B-52 전략폭격기 등의 전략 자산을 한반도 주변으로 근접 배치시킨다. 더불어 미국의 언론들에서는 북한에 대한 선제 타격과 소위 코피 작전(Bloody Nose Strike)의 가능성을 일제히 언급함으로써 북한에 대한 군사적 압박을 크게 강화한다.

그런 미국의 군사적 움직임과 여론동향에 대해서는 당장 중국이 강력하게 반발한다. 미군의 한반도 주변 전략무기 근접 배치가 한반도를 전쟁 위기로 몰아가고 있으며, 그럼으로 써 동아시아 전체의 긴장을 고조시키고 나아가 중국의 안전 까지 위협한다는 주장이다. 아울러 중국은 외부의 위협에 상응하는 조치를 취할 것이며, 그에 따라 발생하는 모든 사태의 책임은 미국과 한국에 있다고 경고한다.

한반도의 긴장이 급박하게 고조되고 있다.

시비

중국의 Y—9 정찰기가 이어도 서남방에서 한국방공식별구역(KADIZ)으로 진입해 부산과 울릉도 인근을 4시간 이상이나 비행한 뒤에야 빠져나간다.

한국 공군은 F—15K와 KF—16 등 전투기 십여 대를 순차적으로 출격시켜 대응하고, 이후 정부 차원에서 주한 중국 대사와 무관을 초치해 엄중히 항의한다.

그러나 중국은 한국 정부의 그러한 조치에 대해 오히려 반발한다. 중국 외교부 대변인은,

"방공식별구역은 영공이 아니며, 한국이 방공식별구역을 근

거로 중국에 책임을 묻는 것은 전혀 도리에 맞지 않는다. 중국 군용기가 해당 공역에서 훈련하는 것은 국제법과 국제 관습에 완전히 부합하므로 앞으로도 훈련 비행을 계속할 것이다!"

라고 주장하며, 아울러 이어도 영토 문제까지 부각시키며 새로운 쟁점을 만들기까지 한다.

중국의 시비는 그것뿐이 아니다.

서해상에서 불법조업을 하는 중국 어선들이 대폭 늘어난 다. 중국 정부에서 자국 어선들의 불법조업을 방임한 결과다. 한국 해경이 강력 단속에 나서지만 중국 어선들은 격렬히 저 항하며 도주하고, 일단 공해상으로 들어서면 중국 군함이 한 국 해경의 감시선을 견제하고 위협하는 통에 단속은 무위로 돌아가고 만다.

한국 정부의 항의에 대해, 한국 해경의 무리한 단속을 오히 려 문제 삼는 중국의 대응은 뻔뻔하기까지 하다.

시비가 이어지고 갈등이 고조되면서, 한중 양국 간의 긴장 은 이윽고 관리할 수 있는 한계 수준 너머로 치닫고 있다.

텐궁 2호

지구궤도를 돌던 중국의 우주정거장 텐궁 2호가 갑작스러 운 통제 불능을 일으켜 지구로 추락한다.

중국 정부는 지난번 톈궁 1호의 추락 때와 마찬가지로 이번에도 무책임한 대응이다. 톈궁 1호의 예에서 보았듯이 이번에도 고도 70~80㎞ 상공의 대기권에 진입하면서 대기 마찰열과 충격으로 불에 타 거의 해체될 것이고, 극히 일부분의 잔해만 공해상으로 떨어질 것이니 아무런 피해도 없을 것이라고 한다.

그러나 실상은 톈궁 2호가 추락하는 과정에서의 대기 흐름과 밀도 그리고 여타의 환경 변화에 따라서 그 위치가 계속해서 달라지므로 추락하기 직전 한두 시간 전에야 최종 추락 지점에 대한 확인이 가능하다.

톈궁 2호가 고도 170㎞에 진입하면서부터 세계 각국은 혹시 자국에 피해가 있을 상황에 대비해 촉각을 곤두세우기 시작한다.

한국 정부 역시도 실시간 감시 체제에 돌입하며, 한반도 추락 상황에 대비해 '인공 우주물체 추락·충돌 대응 매뉴얼'에 따른 위기 경보를 발령하고 관계 부처 합동 우주 위험 대책반을 소집한다.

심각 단계

톈궁 2호는 고도 80㎞ 지점에 도착하면서부터 갑자기 추락

속도가 빨라진다. 더욱이 예측했던 대로의 해체는 이루어지지 않고 고도 50㎞의 성층권에 진입하면서도 여전히 본래의 형체를 거의 유지하고 있다.

전 세계에 비상이 걸린다. 이대로 추락한다면 그 충격파는 엄청날 것이며, 만약 대도시의 인구 밀집 지역으로 떨어진다면 그야말로 대참사가 일어날 것이다.

이윽고 예상 추락 지점이 좁혀진다. 한반도 일대다. 한국과 일본 그리고 중국의 동쪽 지역까지다. 한국 정부는 긴급하게 우주 위험 위기 경보를 심각 단계로 격상시킨다.

초비상

톈궁 2호가 대류권에 진입하기 전에 격추시키기 위해서 중국과 일본에서 각기 십여 발씩의 미사일이 발사된다. 그러나 톈궁 2호의 추락 궤도가 지극히 불안정하여 모두 빗나가고 만다.

그런 중에 성층권에서 톈궁 2호는 비로소 해체되기 시작하여, 지상 25㎞ 지점에서는 서너 개 정도의 메인 파편들과 수 개의 작은 잔해로 분리된다. 작은 잔해들은 대부분 불에 타서 사라질 것이지만, 문제는 그 서너 개의 메인 파편들이다.

메인 파편들의 추락 예상 지점은 이제 거의 정확하게 좁혀진다. 한반도의 서울과 경기지역이다. 중국과 일본은 안도하고, 한국에는 초비상이 걸린다. 서울과 경기지역에는 일제히 비상 사이렌이 울리고, 사람들은 긴급하게 안전시설로 대피한다.

초(超)무기체계

이변이 일어난다. 지상 16㎞ 지점에 도달한 텐궁 2호의 메인 파편들이 갑자기 사라진 것이다. 그야말로 흔적도 없이! 공포에서 벗어난 사람들의 환성이 한국을 온통 뒤덮는다.

상대적으로 세계 각국의 정보망과 무기체계 전문가들은 경악을 금치 못한다. 텐궁 2호의 메인 파편들이 저절로 사라진 것이 아닐진대, 필시는 어떤 수단에 의해 폭파되었을 거라는 추정에서 나오는 경악이다. 그리고 그 수단이 미사일 등의 현존 무기체계가 아님은 확실하다. 세계 각국에서 비밀리에 개발 중인 최첨단 무기 중의 하나일 가능성이 크다. 그 위력과 정확도와 비밀성 등에서 현존하는 그 어떤 무기체계보다도 월등한 초(超)무기체계!

그런 접근에서 한 걸음을 더 나아가면, 그 초무기체계를 보유하고 있을 가능성이 가장 높은 곳은 한국일 수밖에 없다. 극비의 보안 속에서 엄청난 비용과 노력을 들여 개발했을 초무기체계를 자국도 아닌 타국의 위기를 구하기 위해 쓸 나라가 어디 있겠는가? 더욱이 그처럼 분초를 다투는 다급한 상황에서 즉각적인 판단으로!

압박

세계 각국의 정보망이 은밀하고도 치열하게 가동된다.

특히 민감한 반응을 보이는 곳은 중국이다. 그들은 정보활동에만 그치지 않고 한국에 대한 실질적인 액션을 취한다. 우선 톈궁 2호의 메인 파편들을 사라지게 만든 초무기체계를 자국의 안보에 대한 중대한 위협으로 규정하고, 그 초무기체계를 보유하고 있는 것으로 판단되는 한국 정부에 대해 즉각적인 해명 조치가 없을 경우 최단 시간 내에 상응하는 대응조치에 들어가겠다고 압박한다.

한국 정부에서는 즉각적으로 성명을 발표하고, 중국이 말하는 초무기체계라는 것에 대해 한국 정부로서는 전혀 무관하며 아는 바도 없음을 밝힌다. 사실은 중국도 한국 정부가 초무기체계에 대해서 숨기는 게 아니라, 정말로 알지 못하고 있음을 추론할 수 있는 일련의 정황들을 확보하고 있는 중이기도 하다.

그러나 중국은 한국에 대한 압박을 계속한다. 처음부터 중국의 의심은 한국을 넘어 미국으로 향해 있다. 미국이 비밀리에 초무기체계를 개발하고 그것의 초도 운영을 위해 주한미군에 배치하였는데, 이번 텐궁 2호 추락 사태 때 주한미군 역시도 위험에 처하게 되자 그 초무기체계를 사용했으리라는 추정이다.

그리하여 한국을 계속 압박해 나가다 보면 그 실체에 근접할 수도 있으리라는 심산이다.

일본 또한 한국이 예의 그 초무기체계를 보유한 것으로 기정사실화한다. 그리고 그것이 일본의 안보에 북핵 이상으로 지대한 위협이 되므로, 최소한 우방국인 일본에 대해서는 즉각적으로 상세한 내용을 제공하라고 한국 정부에 대해 압박을 가한다.

사실 일본은 이미 미국과는 긴밀한 의중 교환을 나눈 상태다. 그리하여 미국이 그 초무기체계와 무관하고, 그들도 모르는 비밀 무기체계를 한국이 보유하고 있을 가능성에 대해 크게 당황하고 있으며, 나아가 중국이나 일본만큼은 아니더라도 미국 역시 상당한 잠재적 위협을 느끼고 있음을 확인했다. 그리고 미국으로서는 동맹국인 한국을 직접적으로 압박하는데 명분상의 제약이 있으니, 중국과 일본 등 다른 주변국들의 한국에 대한 압박을 방관하면서 사태의 추이를 지켜보겠다는 미국의 의도 또한 알고 있다.

궁지(窮地)

중국이 공언한 대로의 한국에 대한 대응 조치가 개시된다. 한류를 전면 제한하는 한한령(限韓令)이 재개되고, 이어 경제 전반에 걸친 제재 조치들로 확산된다. 아울러 중국 동부 지역에 한반도를 겨냥한 미사일을 전면 재배치하는 등의 군사적 압박도 구체화된다.

중국의 압박에 보조를 맞추기라도 하듯이 일본 또한 대한(對韓) 압박을 시작한다.

지적재산권과 한국의 정부 보조금 문제 등을 새삼스럽게 제기하며 한국의 주요한 기업들을 제소하고, 또 수출입 규제를 대폭 강화한다.

특히 일본이 여전히 강점을 보이고 있는 전기 전자 분야 핵심부품들의 생산과 검사 등에 소요되는 첨단 장비와 설비에 대해 전면적 수출 금지 조치를 취한다. 그로 인해 반도체 등 한국의 주력 수출품 일부의 생산에 당장의 차질이 발생하기 시작한다.

그러나 한국 정부로서는 이렇다 할 대응책을 마련하지 못하고 궁지로 몰리는 모양새다.

최소한 일본과의 관계에서라도 활로를 뚫어보기 위해 미국에 중재를 요청했으나, 미국은 한미일 관계의 중요성을 강조하는 정도의 원론적인 입장만 표명할 뿐 뚜렷한 행동에는 나서지 않는다. 사실상의 방관자적인 태도다.

센카쿠 열도

동중국해에 위치한 센카쿠 열도(尖閣列 島紛)! 중국 명으로는 조어도(釣魚島), 댜오위다오라고 불린다. 5개의 작은 섬과 3개의 암초로 이뤄진 전체 면적 약 6㎢의 이 무인 군도(無人 群島)는 현재 일본이 실효적 지배를 하고 있으나, 중국이 자국의 영유권을 주장하여 일본과 치열한 영토분쟁을 벌이고 있다.

열도의 5개 섬 중 일본 명으로 기타코지마(北小島)에서 10km 떨어진 해상에 4척의 배들이 떠 있다. 그런데 망망대해에 점처럼 배들이 떠 있는 한가롭거나 평화로운 광경이 아니다. 자세히 보면 그 4척의 배들은 마치 꼬리잡기를 하듯이 서로 뒤엉키고 있는 중이다. 중국의 해양감시선 2척과 일본의 해상 보안청 순시선 2척이 충돌하고 있는 것이다.

뿐만 아니다. 그 4척 배들의 충돌 지점으로부터 서(西)와 동(東)으로 각기 15km 떨어진 지점에는 양국의 군함 2척씩이 대기하고 있다. 감시선과 순시선들의 충돌이 격화되는 양상에 따라서는 양국의 군함들까지 개입이 될 수 있고, 그렇게 되면 자칫 양국 간의 군사적 충돌로 이어지게 되는 그야말로

촉발의 긴박한 상황이 벌어지고 있는 것이다. 그런데 다시 어느 순간,

번쩍!

버번~쩍!

까마득한 상공에서 몇 줄기의 강렬한 빛의 기둥이 해상으로 내리꽂힌다. 그리고,

쿠쿠~쿵!

쿠쿠쿠~쿵!

엄청난 폭발과 함께 센카쿠 열도, 중국 명으로는 댜오위다오라고 불리는 그 5개의 작은 섬과 3개의 암초들이 삽시간에 사라져 버린다.

합리적 추정

센카쿠 열도가 거대한 폭발과 함께 돌연히 사라져 버렸다는 소식이 전 세계에 타전되는 중에, 일본과 중국의 군사 정보 라인 간에는 긴급 비밀 회동이 이루어진다.

회동의 시작은 서로에 대한 경계와 의심으로 치열했다. 그러나 양측은 이내 서로에 대한 견제를 거둔다.

사뭇 명확한 때문이다. 양측이 확보한 모든 정보와 첩보를 종합해도 센카쿠 열도가 폭발한 원인은 여전히 불명이지만,

최소한 양측 중 어느 쪽도 그 폭발에 관여하지 않았다는 사실만큼은!

'일본도 중국도 아니다. 양국 모두 그럴 이유가 없거니와, 목격된 형태의 파괴를 일으킬 수단도 없다. 그러나 규명할 수는 없더라도, 누군가에 의한 알 수 없는 형태의 공격이 있었음은 분명하다!'

양측이 이윽고 내린 결론이다. 이어 양측은 논의를 확장시킨다.

'역설적으로 센카쿠 열도(댜오위다오)를 폭파시킬 이유와 또 그만한 수단까지를 보유한 곳은 한국 혹은 한미동맹의 뒤에 숨은 미국뿐일 것이다. 즉, 그 수단은 텐궁 2호의 메인 파편들을 요격했던 예의 그 초무기체계일 가능성이 크다. 그리고 폭파의 이유는? 행위의 주체가 한국이라면, 최근 중국과 일본의 대한(對韓) 제재와 압박에 대한 보복과 경고일 터다. 그리고 주체가 미국이라면, 주한미군이 보유하고 있을 그 초무기체계의 존재감을 다시 한번 부각시키려는 측면에서의 어떤 이유가 있을 법하다!'

물론 추정이다.

그러나 어떻게든 사태를 수습해야만 한다는 필요성에서, 그리고 양측의 일치된 의견이라는 점에서, 그것은 사실에 가까운 합리적 추정으로 된다.

양측 공히, 한순간에 자국의 영토를 잃고서도 그 원인조차 밝혀내지 못하는 답답하고도 무능한 정부의 모습을 자국의 국민들에게 보여줄 수는 없는 것이다.

성명 발표

중국 정부의 공식성명이 발표된다.

1. 중국 정부는 중국의 영토인 댜오위다오가 돌연한 폭발로 사라진 이번 사태에 대해, 지난번 톈궁 2호 추락 사건의 경우에서 한국이 보유한 것으로 판단된 초무기체계에 의한 공격이 다시 가해진 것으로 잠정적 결론을 내린다.

2. 이에 중국 정부는 한국 정부에 대해 24시간 내에 해명을 할 것을 엄중히 요구한다. 즉, 명일(明日) 정오(正午) 12시 시한(時限)이다.

3. 만약 요구된 시간 내에 한국 정부의 납득할 만한 해명 조치가 없을 경우, 중국은 군사 공격을 포함한 모든 수단을 동원하여 응분의 대가를 치르게 해줄 것임을 분명히 선언하는 바이다.

유력한 시나리오

전 세계가 경악과 긴장에 휩싸이는 중에, 주요국들은 신속하게 성명을 낸다. 러시아는 사회주의 동맹 차원에서 중국의 입장을 지지하겠다고 하고, 미국 또한 동맹국으로서 한국에 가해지는 어떠한 위협에 대해서도 결코 좌시하지 않겠다고 한다.

그러나 다른 때 같았으면 미국의 입장에 대해 즉각적이고도 무조건적으로 호응을 하던 일본은, 예외적으로 침묵을 지킨다. 일본의 그런 태도는 자신들이 실효적으로 지배하던 센카쿠 열도의 갑작스런 폭발에 한국이 무관하지 않을 것이라는 견해에서는 일본도 중국과 크게 다르지 않다는 점을 드러내는 것이며, 그리하여 적어도 이번 사태에 관한 한은 기존의 한반도 정세에서 힘의 균형을 이뤄왔던 '북중러 대(對) 한미일'의 구도가 통용되지 않을 것임을 암시한다는 해석이 나온다.

세계의 주요 언론들에서는 전문가들의 분석을 긴급하게 내놓는다. 대다수의 분석에서는 중국이 단순한 위협을 하는 것이 아니며 한국에 대해 실제로 무력을 행사할 가능성이 농후하다는 점을 강조한다. 중국의 한국에 대한 사실상의 선전포고이며, 결국 미국까지를 겨냥하는 것이라는 분석도 있다. 즉, 중국은 미국이 이번 사태를 주도했거나 혹은 그 배후임을 판단하면서도, 감히 명시하여 지목하지는 못하고 대신 한국을 때린다는 것이다.

그러나 중국이 한국에 대해 실제로 무력을 행사했을 때 과연 미국이 한미동맹에 준해 즉각 개입할 수 있을까 하는 점에 대해서는 대부분 부정적이다. 즉, 미국까지 개입이 된다면 곧 3차 세계대전의 발발로 이어질 것인데, 미국이 공멸로 가는 길을 선택하지는 않을 것이라는 예측이다. 그리고 그런 부담은 중국 역시도 마찬가지일 테니 미국과 중국 모두 어떠한 경우에도 확전을 원하지는 않을 것이라는 전망과 함께, 중국과 미국이 결국에는 암중 타협을 시도할 것이라는 시나리오가 유력하게 제시된다.

즉, 중국이 설령 한국에 대한 실제의 군사 공격에 나서더라도, 다만 국내외적으로 유용하게 활용할 수 있는 명분을 전과로 취할 수 있을 정도의 제한된 공격에 그칠 것이라는 시나리오다. 예컨대, 미사일이나 스텔스 전폭기를 동원하여 한국의 제주도나 남부 지역의 중소 도시 한두 곳만을 타깃으로 삼음으로써, 주한미군을 포함한 한국 내 미국인들에게는 피해가 미치지 않도록 한다는 것이다. 그리되면 한국으로서는 감내하기 어려운 치명적인 대미지를 입게 될지라도, 미국으로서야 딱히 인내하지 못할 정도는 아닐 것이라는 분석이다.

대혼란

중국의 한반도 공격이 기정사실화되는 분위기에서, 중국이 정한 24시간의 시한이 점점 가까워지고 있다. 중국은 국영 매체들을 통해 동부 지역의 몇 군데 미사일 기지들에서 한국을 목표 좌표로 입력한 미사일들이 발사 준비를 마치고 대기 상태에 있다는 보도를 내보낸다.

지금까지 한국인에게 북한에 의한 핵위협이나 전쟁의 위기는 일상화되다시피 해서, 전 세계가 우려하는 심각한 위기 상황에 처해서도 오히려 태연하고 무신경하게 일상생활을 영위해 온 바 있다. 그러나 이제 중국으로부터의 공격 위협이 바로 눈앞에 실체화되는 상황에서는 공포를 체감하지 않을 수 없는 것이고, 일단 시작된 공포는 이내 걷잡을 수 없이 증폭된다.

한국 사회가 대혼란에 빠져든다. 주식시장이 대폭락을 기록하고, 비상식량과 응급 약품에 대한 사재기가 시작된다. 일부 사회 지도층과 부유층에서 급히 재산을 정리하여 한국을 벗어나려고 한다는 동향들까지 보도되면서 사회 혼란을 더욱 부추긴다. 급기야 사회통제 시스템까지 무력화되면서 정부당국으로서도 어떻게 손을 쓰기 어려운 사태로 번져간다. 집단의 공포 앞에서는 어떤 대책도 소용이 없다. 그 공포를 제거하는 것 외에는!

이미 하고 있지 않은가?

청와대 대통령 집무실!

백인호 대통령은 책상에 앉아 깊은 고심에 빠져 있다. 아무리 고민해도 어떤 해법도 나오지 않을뿐더러 다른 어떤 선택의 여지도 없이 맞닥뜨릴 수밖에 없는, 불가해(不可解) 불가피(不可避)의 문제에 대해서다.

그때다. 집무실의 문이 조용히 열린다. 백인호 대통령은 설핏 이마를 찡그리고 만다. 모든 일정과 일과를 취소했고 누구를 부르지도 않았으니 올 사람은 없다. 그런데 노크도 없이 불쑥 들어오는 자가 있다니! 그러나 다음 순간 백인호 대통령의 두 눈은 놀람을 담고 만다.

"자네는……?"

조태강이다. 그의 청와대 방문이 예정에 있던 것도 아니다. 무슨 급한 일로 들어왔다고 해도 비서실이나 경호실로부터 아무런 보고도 없었으니, 결국 정해진 절차를 거치지 않고 무단으로 들어왔다는 것이리라! 청와대를, 그것도 대통령의 집무실을 말이다.

그러나 대통령은 이내 수긍하지 않을 수 없다. 그러면, 조태강이라면 청와대의 경호 체계쯤은 간단히 무력화시킬 수 있겠다는 인정이다.

"연락도 없이 갑자기 웬일인가?"

불청객에게 일단은 응접 소파에 앉기를 권하며 대통령이 묻는다.

"독대를 청합니다!"

조태강의 그 대답은 황당하고도 무례하기까지 해서 대통령이,

"허허!"

하고 쓰게 웃지만, 또 어쩌겠는가?

"독대는 이미 하고 있지 않은가? 그래, 무슨 일인지 말해보게!"

"초무기체계에 관해서입니다!"

그 말에는 백인호 대통령이 급기야 두 눈을 부릅뜨고야 만다.

대강의 설명

김강한은 백인호 대통령에게 대강의 설명을 한다.

각국의 정보망과 무기체계 전문가들이 이름 붙였으나, 이제는 국내외의 언론에서도 빈번하리만치 언급이 되는 초무기체계에 대해서다.

그것이 실재하며, 더욱이 한국 내에 기반을 둔 어떤 비밀 단체가 보유하고 있다는 것에 대해! 그리고 자신 역시 그 비밀 단체와 무관하지 않다는 것에 대해!

그러나 역시 대강의 설명이다. 그는 전부를 말해주지는 않는다. 만약 모든 내용을 다 공개한다면 대통령에게도 한국 정부에게도 오히려 독이 될 수 있다. 그 전부를 다 감당해 내기는 어려울 테니 말이다.

한 방의 패(牌)

김강한의 설명을 듣는 짧은 시간 동안 백인호 대통령의 머릿속으로는 수많은 생각과 계산이 교차한다. 그러나 그의 표정은 이내 밝아진다.

사실은 어떤 판단에 도달하기 위해 크게 망설일 것도 없다. 어차피 불가해 불가피의 국면이 아니던가?

아무런 대책도 없이 억울하고 황당하게 당해야 하는 처지와, 사뭇 불분명하고 불확실한 측면이 내포되어 있긴 하지만 그래도 뭔가 '한 방의 패(牌)'를 가지고 있다는 것은 그야말로 천지 차이다.

"내게 바라는 것이 뭔가? 아니, 내가 뭘 어떻게 하면 되겠는가?"

백인호 대통령이 애써 담담한 투로 묻는다. 그러나 그의 표정에는 미처 추스르지 못한 흥분의 흔적이 고스란하다.

핫라인

중국이 한국에 대해 제시한 24시간의 시한이 이제 불과 몇 시간 앞으로 다가와 있다. 국내외의 언론들 중에서는 아예 카운트를 시작한 곳도 있다.

그런 중에 비밀스럽게 핫라인 하나가 가동된다. 청와대에서 북한을 통해 중국과 연결되는 임시 핫라인이다. 중국 측 인사는 리(李, Li)라는 이름의 당국자다.

리가 중국 정부에서 구체적으로 어떤 직책인지, 혹은 위치인지는 알 수 없다. 다만 남북중(南北中)의 핫라인에 등장했다는 것만으로도, 현재의 사태에서 중국 측의 입장을 대변할 수 있는 인물임을 믿어볼밖에! 사실은 리가 그럴 만한 위상에 있는 인물이라는 것에 대해서는, 김강한이 이미 김찬과 요마를 통해서 추가적인 보증(?)을 얻은 바도 있다.

초무기체계의 운용 주체

핫라인의 보안 통화가 연결된다.

"나는 리! 중국 정부의 입장을 대표한다고 할 수 있다. 당신은 누구이며, 한국 정부의 입장을 대표할 수 있는가?"

리의 첫마디다.

"나는 조(Jo)! 한국 정부와는 무관하고, 한국 정부를 대표하지도 않는다. 다만 당신들이 말하는 초무기체계의 운용 주체로서 그것과 관련한 결정권을 가졌다고 할 수 있다."

김강한의 말에 리는 크게 당황하는 느낌이다. 잠시의 침묵 끝에 리가 조금은 조심스러운 투로 다시 묻는다.

"초무기체계의 운용 주체라면, 초무기체계를 보유하고 있다는 뜻인가?"

"그렇다."

"다시 한번 묻겠다. 초무기체계를 보유하고 있는 것이 확실한가?"

"믿고 안 믿고는 당신들 소관이겠지만, 텐궁 2호의 추락 파편을 제거하고 센카쿠 열도를 폭파시킨 것이 우리임은 확실하다."

"한국 정부와는 무관하다고 했는데, 그럼 당신이 속한 곳은 어디인가?"

"무국적의 비밀결사 조직이다. 자세한 내용은 밝힐 수 없다."

"초무기체계는 한국 내에 있나?"

"그것 또한 알려줄 수 없다."

"당신들이 댜오위댜오를 공격한 이유는 무엇인가?"

"중국과 일본이 한국에 부당한 압박을 가하는 데 대한 경고 차원에서다."

다시금 침묵이 흐른다.

나 역시 분명히 말해두겠다

다시 돌아온 리는 한층 강경해진 투다.

"당신은 댜오위댜오를 공격한 사실에 대해 인정했다. 그리고 우리가 확보한 정보들을 분석한 결과, 당신과 당신이 속했다는 무국적의 비밀결사 조직은 어떤 형태로든 한국 정부의 관할 내에 있음이 분명하다. 당신이 지금 청와대의 핫라인을 통해 나와 얘기를 나누고 있다는 사실부터가 그 명백한 증거라고 할 것이다. 따라서 우리는 한국 정부에 대한 기존의 요구에 더하여, 댜오위댜오를 폭파시킨 데 대한 사죄와 구체적인 배상 방안까지를 시한 내에 함께 제시할 것을 추가로 요구한다. 시한까지는 이제 얼마 남지 않았다. 우리의 모든 요구가 충족되지 않을 경우 군사 공격을 포함한 모든 수단을 동원하여 응분의 대가를 치르게 해주겠다는 우리의 의지는 엄중하고도 확고하다는 것을 다시 한번 천명하는 바이다!"

김강한이 담담한 투로, 그러나 단호한 의지를 담아서 받는다.

"나 역시 분명히 말해두겠다. 중국은 한국에 대한 모든 형태의 위협을 즉각 철회하고, 지금까지 한국에 대해 자행한 일방적이고도 불법, 부당한 모든 조치들에 대해 한국 국민들에게 공식 사과 하라! 이것은 결코 부탁이나 호소가 아니다. 엄중하고도 확고한 경고임을 명심하기 바란다!"

"흥!"

리가 나직이 냉소를 터뜨린다. 그러곤 일방적으로 통신을 끊어버린다.

시한 1시간 전. 오전 11:00

중국 동부 산악지대에 위치한 T미사일 기지. 미사일 발사대를 은폐하고 있던 돔 형태의 지붕이 열린다. 발사대에 탑재되어 대기 중인 미사일은 총 3기다.

1호 미사일의 타깃은 한국의 독도다. 댜오위다오 폭파에 대한 보복의 의미이고, 그것만으로도 한국의 항복을 받아낼 수 있을 것이란 판단이다. 그러나 만약의 차질이나 상황 변동에 대비하여 각기 제주도와 포항을 목표로 하는 2기의 미사일이 함께 준비된 것이다.

한국 시간 기준 11:00. 중국이 예고한 시한을 1시간 남겨둔 시점부터 기지 통제소는 1호 미사일의 예비 카운트에 돌입한다. 그런데 그때다.

번쩍!

하늘에서 한 줄기의 섬광이 지상으로 내리꽂히며 미사일 발사대를 직격한다.

콰아~앙!

거대한 굉음과 함께 발사대에 탑재된 상태 그대로 미사일이 폭발한다. 그리고 잇따라서 연쇄 폭발이 일어난다.

쿠~쿠~쿵!

오전 11:20

청와대 핫라인이 긴급하게 울린다. 중국 측의 통화 요청이다.

"당신들 짓인가?"

리의 첫마디에는 당혹과 분노가 뒤섞여 있다.

"미리 경고하지 않았던가? 한국에 대한 모든 형태의 위협을 즉각 철회하라고!"

김강한이 담담하게 받는다.

"진정 전쟁을 하자는 건가?"

리의 목소리가 곧장 격앙된다.

"전쟁은 이미 시작된 것 아닌가? 당신들 쪽에서 먼저!"

김강한이 여전히 담담한 데 대해, 리가 차갑게 가라앉는다.

"마지막으로 경고한다! 한국 정부는 즉각 사죄하고 무조건적인 배상을 약속하라! 그렇지 않으면 우리는 곧바로 전면전에 돌입할 것이며, 우리의 공격에는 핵 공격도 포함될 것이다!"

그러나 김강한은 여전히 담담하다.

"나도 마지막으로 경고한다! 한국에 대한 어떤 형태의 공격이라도 시도된다면, 그 순간 중국으로서는 감히 감당하기 어려운 일에 직면하게 될 것이다! 그로 말미암은 모든 책임은 당연히 중국 정부에게 있다!"

리가 이번에도 일방적으로 통신을 끊어버린다.

오전 11:30

한반도 서해상의 심해. 은밀하게 잠항 중인 중국의 최신 3세대 096형 당(唐)급 핵잠수함 디왕(帝王)호에, 1메가톤급의 핵탄두를 탑재한 SLBM 탄도미사일 쥐랑―3호의 발사 명령이 하달된다.

[목표 좌표: 제주도]

[발사 시각: 금일 오전 12:00]

SLBM 통제장치에 목표 좌표와 발사 시각이 입력되고 곧바로 카운트가 스타트 된다.

발사 30분 전!

29분 59초!

29분 58초!

…….

카운트 상황은 핫라인을 통해 한국으로도 전해진다. 한 치의 피할 곳도 주지 않는, 그야말로 최후의 통첩이다.

[무조건 항복하라! 그렇지 않으면 제주도가 지구상에서 사라지는 광경을 보게 될 것이다!]

비상 상황

핵잠수함 디왕호에 비상 상황이 발생한다. 발사 카운트가 계속되는 중에 누구도 조작하지 않았음에도 SLBM의 통제 시스템이 저절로 작동하고 목표 좌표가 변경된다.

그런데 변경된 목표 좌표가 바로 베이징의 중심지라는 점에서 함장 이하 승조원들은 경악하고 만다. 그러나 통제 시스템을 수동조작 모드로 전환하는 것도 불가능하고, 최후 수단인 긴급 취소 명령조차도 먹히지를 않는다.

뿐만이 아니다. 통신 장비를 제외한 잠수함의 전자 장비 체계 전체가 통제 불능이다. 그리하여 잠수함의 기본적인 조작과 운용마저 불가능해졌으니, 함장으로서는 본토 사령부에 비상 상황을 보고하는 것 외에는 달리 할 수 있는 게 아무것도 없다.

24분 11초

24분 10초!

······.

발사 카운트는 계속되고 있다.

긴급 보고

[1메가톤급 핵탄두가 베이징 중심지의 근접 상공에서 폭발할 경우의 피해 규모에 대한 긴급 보고]

1. 열복사 및 후폭풍에 의한 직접 사망자 약 400만 명 추정. 도심 건물 80~90% 파괴.

2. 1차 낙진 피해 및 교통과 전기, 수도 등 도시 기능과 의료시

스템 마비로 6개월 내 약 300만 명 추가 사망 추정.

3. 2차 낙진으로 인한 장기적 피해는 산술적으로 예측하기 어려움.

4. 베이징의 완전 파괴와 그로 인한 대혼란으로 국가 전체가 대위기로 치닫는 상황에 대비해야 함.

두 가지 경우의 수

중국 정부가 발칵 뒤집힌다. 그들은 이미 핵잠수함 디왕호로부터 날아올 SLBM을 요격할 만반의 준비에 들어간 상태다. 그러나 중국의 탄도미사일 요격 시스템은 아직 완성되지 않은 상태로, 명중 확률은 확연히 낮다. 지금까지 그들의 군사정책이 방어보다는 공격에 중점을 두어온 탓이다.

당장 국가비상사태를 선포할 것인지를 두고 국가 지도부에서는 격론이 벌어진다. 그러나 발사까지는 이제 20여 분도 남지 않았다. 베이징 시민들에 대한 주민 긴급대피령을 내리기에는 이미 한참이나 때가 늦었다. 상황이 새어 나가는 것만으로도 베이징과 중국 전체는 극도의 혼란에 빠져들 것이고, 핵미사일이 날아오기도 전에 지레 아수라장이 되고 말 것이다.

지금 그들이 택할 수 있는 경우의 수는 두 가지뿐이다.

첫 번째는, 즉시 한국에 대해 열 배, 백 배의 보복을 감행하는 것이다. 한국이 초무기체계 이상의 그 어떤 수단을 가지고 있더라도 수십, 수백 기의 핵탄두가 무차별적으로 날아드는데는 속수무책일 수밖에 없으리라! 그리하여 한국은 초토화가 되어 지구상에서 사라질 것이다. 그러나 중국은 엄청난 피해를 입겠지만 그래도 여전히 존재할 것이며, 존재하는 한 그리 오래지 않아 원래의 위상을 되찾게 될 것이다.

두 번째는, 결국 첫 번째의 수를 쓰게 된다고 할지라도 일단 서울과 접촉은 해보는 것이다.

오전 11:50

"단적으로 묻겠다. 현재 디왕호에 발생한 비상 상황이 당신들에 의한 것인가?"

리의 목소리에서는 차라리 비장함이 느껴진다.

"그렇다."

김강한의 짧은 대답에 리가 곧바로 다급해진다.

"그럼 SLBM의 발사를 멈출 수도 있나?"

"물론이다."

"그럼… 지금 즉시 발사를 멈추게 하라!"

"NO! 순서가 틀렸다. 이미 당신들에게 경고한바, 한국에 대한 모든 형태의 위협을 즉각 철회하고, 지금까지 중국 정부가 한국에 대해 자행한 불법, 부당한 조치들에 대해 한국 국민들에게 공식 사과 하는 것이 먼저다!"

김강한이 담담하게 답하자, 리가 곧장 격동을 토한다.

"착각하지 마라! 이건 한국을 위해 마지막 기회를 주는 것이다. 지금 즉시 디왕호의 SLBM 발사를 멈추게 하지 않는다면, 중국 본토에서 수백 기의 핵미사일이 한국을 향해 발사될 것이다. 그게 무엇을 의미하는지 모르는가? 1메가톤급 SLBM 1발로 중국에 막대한 피해는 줄 수 있을지언정, 결코 치명적인 정도는 아니다. 그러나 그 대가로 한국은 영원히 지구상에서 사라진다는 뜻이다. 진정 그렇게 되기를 원하는가?"

김강한이 문득 냉랭해진다.

"당신들이야말로 착각하지 마라! 우리에게 어떤 능력이 있는지에 대해서는 이미 충분하게 보여줬다. 톈궁 2호의 추락 파편들을 제거하는 것으로! 댜오위다오를 폭파하는 것으로! 한국을 목표로 발사 대기 중이던 중국 동부 지역의 T미사일 기지를 폭격하는 것으로! 그리고 지금 핵잠수함 디왕호의 SLBM 통제 시스템을 원격통제 하는 것으로! 그런데 어리석게도 여전히 상황 파악이 안 된다면, 이제 마지막으로 중국의 최후를 목격하게 될 것이다! 당신들이 한국을 향해 발사한 수백 기의 핵미사일이 막상은 중국 영토 곳곳을 향해 날아가고, 그리하여 중국이 영원히 지구상에서 사라지는 최후를 말이다!"

리가 침묵하고 만다. 그리고 잠시 후 그의 질린 듯한 목소리가 흘러나온다.

"잠시만… 잠시만 시간 여유를 달라!"

김강한이 다시 담담한 투로 되며 받는다.

"그러나 서두르는 게 좋을 것이다! 시간은 결코 당신들 편이 아닌 것 같으니까!"

오전 11:58

오전 11:58! 중국이 경고한 시한을 불과 2분 앞둔 시각!

세계의 모든 시선이 중국과 한국으로 몰린 중에, 중국 정부는 관영 방송을 포함한 내외신의 모든 언론매체를 통해 긴급 성명을 발표한다.

1. 이번 댜오위다오 사태에 대해서는 중국 정부의 중대한 착오와 오해가 있었음을 밝힌다.

2. 이에 중국 정부는 이번 사태와 관련해서 한국에 대해 가해

진 모든 형태의 조치들을 즉각 철회함과 아울러, 한국 정부와 국민들에게 심심한 유감과 정중한 사과를 표한다.

오전 12:00

중국의 핵잠수함 디왕호의 SLBM 발사 카운트는 10초를 남긴 상태에서 취소되었고, 동시에 목표 좌표도 지워졌다.

그리고 통제 불능이던 잠수함의 모든 시스템과 장비들은 다시 정상 상태로 복구되었다.

해소

세계의 시선이 중국으로 쏠리지만, 중국은 강고한 침묵 모드에 들어가 있다. 그런 데 대해서 다양한 해석과 추측이 분분한 중에 한국과 중국, 그리고 한국과 일본 사이의 해묵은 갈등들은 일단 봉합되거나, 최소한 수면 아래로 가라앉히려는 시도들이 이루어진다.

예컨대, 한중(韓中) 간에는 중국 어선들의 서해 불법조업 문제에 대해 한중어업협정을 보완하고 강화하는 협정이 체결되었고, 한일(韓日) 간에는 독도 문제에 대해 현재의 실효(實效) 상태를 인정하고 향후로도 가능하면 쟁점화하지 않는다는 합의가 이루어졌다.

한반도는 다시 원래의 역동적인 활기를 되찾으면서, 남북
간의 교류와 경협에도 탄력이 붙는다. 남북 정상 간에 합의된
'남북의 경제적 공동체를 이루기 위한 향후 20년에 걸친 단계
적 추진 계획의 일 단계인 경제협력 4개년 계획'에 의거해서
중단됐던 남북의 기존 경협 사업들이 우선 재개되었고, 여타
의 구체적인 항목들이 그 실행의 첫 단계에 전격적으로 돌입
하였다.

북한의 완전한 비핵화 전까지는 한국의 독자적인 남북 경
협 재개에 동의하기 어렵다던 미국도, 한반도의 평화 정착을
위한 대의에서 남북 경협은 국제사회의 대북 제재의 예외적인
경우가 될 수 있다는 방향으로 입장을 전환했다.

제5장

—

우리의 전쟁

공유

한반도 정세가 안정되면서 오랜만에 평화 기조가 정착되는 듯하다. 그러나 그것은 다만 표면적 평화일 뿐이다.

세계의 질서를 지배하는 위치에 있는 강국들은 기존의 질서 체계가 무너지는 것을 원치 않는다.

그런데 새로운 힘이 등장했다. 기존의 질서를 뒤바꾸기에 충분할 만큼 강력한!

기득권을 보유한 입장들로서는 결코 용납할 수 없는 도전이자 위협일 수밖에 없다. 그들은 위기감을 공유한다.

UGT

UGT! 'Unknown Greatest Threat'의 머리글자를 취해 만든 그것은 미지의 최대 위협을 뜻한다.

현존하는 모든 무기체계를 압도해 버리는 초무기체계 한 가지로 단번에 최고의 위협으로 대두된 신생의 위협에 대해 CIA가 명명한 이름이다.

긴급 특수작전

CIA는 UGT의 실체에 접근하기 위해 그들이 한국의 정치, 사회, 경제의 모든 분야에 걸쳐 오랫동안 구축해 온 막강한 인적, 물적자산들을 총동원한다.

그러나 그들이 필요로 하는 핵심적인 정보에는 접근할 수가 없었다. 다만 그것이 철저하게 차단되어 있다는 사실만 확인했을 뿐이다.

CIA는 결국 긴급 특수작전을 발동한다. 임무 수행을 위해 불법의 영역까지를 포함하는 모든 수단과 방법의 동원이 묵과되는 작전이다.

Nine Skies

　긴급 특수작전의 발동으로 CIA는 한 가지 금단의 선택을 한다. 또한 위험하지만, 그러나 가장 확실하고도 만족스러운 결과를 낼 수 있는 조직 하나를 그들의 일에 끌어들이는 것이다. 바로 Nine Skies! '아홉 하늘'쯤으로 직역되는 이상한 이름을 가지고 있는 자들이다.

　Nine Skies는 웬만한 규모의 국가와 전쟁도 치를 수 있을 만큼의 거대한 조직력과 막강한 무력을 지녔다. 그러나 철저하게 비밀에 싸인 채 어떤 통제도 받지 않으면서 국제법과 규약들 따위는 간단히 무시해 버리는 초법적인 조직이다. 그럼으로써 치명적인 위험도를 지녔다.

　그런 위험도로 인해 CIA는 지금까지 은밀하게 Nine Skies를 감시하고 견제해 왔다. 그들의 세력이 팽창하는 데 대한 한계선을 설정하고, 그 한계선을 넘는다면 단순한 견제를 넘어 실질적인 와해 수순에 착수한다는 내부적 지침도 이미 정해져 있다.

　그러나 Nine Skies는 CIA가 설정한 한계선을 알고 있기라도 한 것처럼, 선을 미묘하게 넘나드는 줄타기를 할지언정 CIA가 어떤 실질적인 액션을 취할 정도로는 넘어서지 않고 있다. 그런 걸 보면 그들은 자신들에 대한 CIA의 감시와 견제에 대해 익히 알고 있다는 것이니, 그 놀라운 정보력과 치밀한 대응력을 더해 그들의 위험도는 더욱 커진다고 하겠다.

최상의 시나리오

Nine Skies를 이용한 UGT의 제거!

사실 CIA 내부적으로는 격론이 있기도 했다. 두 개의 위협 중 어느 쪽이 더 위험한지 쉽게 판단하기는 어려운 상황이다. 그런 중에 Nine Skies에 대한 견제를 풀어버리고, 또 UGT에 대해서는 섣부른 자극을 가함으로써 자칫 그 두 개의 위협이 미처 예상하지 못한 방향으로 작용하여 오히려 위험이 극대화되는 최악의 상황도 아주 배제할 수는 없다는 우려 때문이다.

격론 끝에 CIA가 내린 결론은 이이제이(以夷制夷)와 양패구상(兩敗俱傷)이다. 중국의 고사성어를 빌린 것으로 적을 이용하여 다른 적을 공격하게 하고, 그들끼리 서로 싸우다가 양쪽 모두 패하여 상처를 입게 한다는 골자다.

즉, 오랜 기간의 감시와 견제를 통해 그 실체를 상당 부분 구체적으로 파악하고 있으며 어느 정도의 조정과 통제까지도 가능한 것으로 판단하고 있는 Nine Skies로 하여금, 오히려 그들보다 더욱 위험성이 큰 것으로 판단되면서도 여전히 미지

의 영역에 있는 UGT를 공격하게 한다. 그리하여 결과적으로
그 두 개의 거대 위협을 모두 제거할 수 있다면 CIA로서는 최
상의 시나리오가 될 것이다.

돌연사

김강한은 국립 경찰병원으로 가고 있다. 청와대로부터 한
사람의 죽음을 전해 듣고서 급하게 달려가는 길이다.

최중건이다. 아들 최도준에서부터 참으로 질긴 악연으로 이
어진 그의 갑작스러운 사망 소식은 놀랍기도 하지만, 한편으
로 그가 꼭 확인해야만 할 것들이 있다.

병원의 로비에는 경찰청 보안국에서 나온 고위급 간부가 기
다리고 있다가, 용케 김강한—그에게는 조태강이겠지만—을
알아보고 곧장 안내를 한다. 덕분에 김강한은 검안의의 소견
을 직접 듣는다.

"돌연사. 즉, 심장마비에 의한 사망입니다. 고인이 오랫동안
고혈압과 심근경색을 앓아온 병력도 있거니와, 달리 의심할
만한 이상 소견은 없습니다."

검안의의 설명은 간단하다. 사인이 분명하다는 것이리라!
김강한이 시신을 보겠다고 하자, 검안의는 곤란하다는 기색이
다. 그러나 역시 경찰청의 고위급 간부가 가볍게 고개를 끄덕

이는 것으로 그들은 곧장 영안실로 간다.

냉장 안치실에서 한 구의 시신이 꺼내어진다. 핏기 하나 없이 창백한 사자(死者)의 얼굴이 언뜻 낯설다. 그러나 김강한은 시신이 과연 최중건임을 확인한다.

섬뜩한 것은 시신이 눈을 뜨고 있는 모습이다. 검안(檢案)이 끝났지만, 망자가 워낙 대단한 이력을 지닌 인물인 데다 아직 수사기관의 검시(檢視)가 진행되고 있는 중이기에 시신을 최초의 상태로 유지하는 차원에서 눈을 감기지 않은 것이라고 한다.

사투의 흔적들

김강한은 가만히 시신을 내려다본다. 외단의 한 가닥 진기가 부드럽고도 정밀하게 시신의 외부와 내부를 휘돈다. 검안의의 말이 맞다. 특이하달 점은 없다.

아니다. 있다.

신체와 장기가 아니다. 시신의 창백한 얼굴에 스며들어 있는 희미한 표정과, 특히 부릅뜬 두 눈의 눈동자에 각인되어 있는 것들이다.

흔적이다. 김강한은 알아볼 수 있다. 사자(死者)가 마지막 순간까지 벌인 사투의 흔적들을! 검안에서는 드러나지 않았으되 그것은 심적 사투(心的 死鬪)의 흔적이자 지독한 심리 고문(心理 拷問)의 증거이다.

심리 살인(心理 殺人)

김강한은 유추해 본다. 누군가 최중건을 고문했다. 그에게서 무언가를 알아내기 위해!

최중건은 강한 사람이다. 지독하다는 소리를 들을 정도로! 그러나 그 고문은 신체에 대한 것이 아니라, 심리에 대한 고문이다. 공포와 우울, 갈등 등의 심리 상태를 단시간 내에 극한으로 증폭시키는 고도의 심리 공격!

그리하여 최중건은 버티지 못하고 그가 알고 있는 모든 것을 다 말했을 것이다. 그리고 결국은 심장마비를 일으켜 죽음에 이르렀을 것이다.

'심리 살인(心理 殺人)!'

김강한의 그런 판단은, 그 역시 비슷한 수법을 쓸 수 있는 데서 나오는 것이다.

천락비결! 그리고 그중의 최면요법! 물론 그것은 남녀 간의 미묘한 심리를 다루는 데 근간한 최면요법으로 지금 최중건에게 가해진 바의 사람의 심리를 극단으로 몰고 가서 이윽고는 죽음으로 몰고 가는 살인 수법과는 그 근원부터가 전혀 다르다고 하겠다. 하지만 어쨌든 치열한 갈등을 유발할 수는 있으니, 마음만 먹는다면 사람을 죽음에까지 이르게 할 수도 있으리라!

그러나 그는 알고 있다. 이런 방식으로 사람을 죽음에 이르게 하는 데 있어서는, 천락비결보다 훨씬 더 전문적이고도 고차원적인 수법을 가진 자들이 있다는 것을!

우리는 다시 만나지 맙시다!

김강한은 시신의 얼굴을 손바닥으로 쓸어 눈을 감긴다. 영혼이나마 고뇌를 벗고 평온을 되찾기를 바라는 마음이다. 착잡한 심정이다. 돌이켜 보면 최중건도 참으로 기구한 삶을 살았다 싶다.

그와 최중건의 인연 또한 그야말로 악연이라고 하겠다. 그 악연의 시작은 최도준이다. 그와 최도준의 악연이 아니었다면 최중건도 그리고 그도, 지금과는 전혀 다른 방향의 삶을 살고 있지 않을까? 적어도 최중건이 이처럼 불행한 종착(終着)을 맞지는 않았을 것이다.

김강한은 이윽고 그 모든 인연을 매듭짓는다.

'잘 가시오! 만약… 내세(來世)가 있고 후생(後生)이라는 것이 정말로 있더라도, 우리는 다시 만나지 맙시다!'

몰살(沒殺)

깊은 잠에 빠져 있던 남대식 회장은 이마에 와 닿는 차가운 금속성의 느낌에 설핏 잠에서 깬다. 반사적으로 위기감을 느끼지만 그는 몸을 움직이지 않은 채로 눈만 가늘게 뜬다. 흐릿한 어둠 속에서 누군가 침대 옆에 서 있고, 그의 이마에 권총의 총구를 들이대고 있다.

전율처럼 날 선 긴장이 남대식 회장의 온몸으로 치달리며 남아 있던 잠기운을 차갑게 걷어낸다. 삼도 물산의 회장이자 현존의 국내 조폭 서열 3위 로타리파의 보스인 그의 저택에는 만만치 않은 보안시스템이 깔려 있고, 상주하는 경호원만 넷이다. 누군가의 청부를 받은 킬러라고 해도 쉽사리 들어올 수 있는 곳이 아니다. 그런데도 아무런 소란도 없이 그의 침실까지 들어왔으니 그것만으로도 전문가 레벨에 속하는 자일 것이다.

희미한 어둠 속이지만 남대식 회장은 재빨리 킬러의 모습을 훑는다. 큰 키에 깡말랐지만 단단해 보이는 몸집이다. 얼굴을 굳이 가리지도 않았는데, 선명하지 않은 중에도 매부리 형상으로 크고 우뚝한 코에 짙은 눈썹과 깊숙이 들어간 눈두덩이가 이색적이다.

'외국인?'

그때다. 권총을 겨눈 채로 킬러가 다시 뭔가를 남대식 회장의 얼굴 가까이로 가져다 댄다.

"두 번 묻지 않겠다! 조상태와 이철진, 지금 어디에 있나?"

그런데 킬러가 말한 것이 아니다. 그의 얼굴 가까이로 댄 소형 녹음기에서 재생된 소리다. 남대식 회장이 살벌한 긴장 속에서도 의문을 가진다. 기왕에 얼굴을 드러냈으면서 목소리는 숨기려 한다? 그리고 조상태와 이철진이라니? 그 두 사람을 찾기 위해 야밤에 침입하여 다짜고짜 권총을 들이댄단 말인가?

"누가 보냈나? 그리고 그 두 사람은 무슨 일로 찾나?"

남대식 회장이 나직하지만 최대한 안정적인 목소리로 묻는다. 상대를 동요시키지 않기 위함이다. 그런데 그때다.

피~슉!

남대식 회장의 표정이 그대로 멈춘다. 즉사다. 부릅뜬 그의 두 눈에는 총알이 이마를 관통하는 순간의 찰나적인 의문만 희미하다.

남대식 회장은 죽음의 순간까지도 알지 못했다. 킬러는 그가 한 말을 이해하지 못했고, 다만 녹음했을 뿐이란 사실을! 그리고 그는 또한 알지 못했다. 네 명의 경호원들을 포함해서 지금 저택에 있는 십여 명 모두가 이미 몰살당했다는 사실에 대해!

도살(屠殺)

　이른 아침 방송매체들이 앞다투어 긴급뉴스를 보도한다. 밤새 서울 시내 여러 군데서 수십여 명이 피살되었다는 보도다. 그것도 하나같이 두부(頭部)를 관통한 단발(單發)의 총상이 사인(死因)이라는 데서, 사람들은 경악하고 만다. 상상하기조차 어려운 잔혹하고도 무자비한 전대미문의 대형 사건이 아닐 수 없다.

　현장을 감식한 수사관들에 의하면 살인 현장에 이렇다 할 흔적을 남기지 않은 용의주도함과 특히 사인인 단발의 총상의 가지는 깨끗하다고 할 만큼의 관통 궤적 등으로 볼 때, 총기 사용에 능하고 숙련된 경험을 가진 전문적인 킬러의 소행으로 보인다고 한다.

　그리고 새벽 시간대에 거리상으로 가깝다고 할 수 없는 복수의 장소에서 동시다발적으로 벌어진 사건들이지만 범행의 수법이나 양상이 대동소이하다는 점에서는 그 몇 군데 살인들 간에 어떤 연관성이 있으리라는 짐작과, 나아가 한두 사람에 의한 범행이 아닌 공통의 목적을 지닌 다수에 의한 즉, 조직적인 범죄의 가능성이 농후하다는 분석이다.

　뒤이어 피살자들의 신분이 속속 밝혀지면서 경악은 더해진다. 국내 조폭 서열 1위에서 3위까지로 꼽히는 3개 파의 보스들과 핵심 인물들! 즉, 국제파와 오리엔탈파 그리고 로타리파의 보스들인 양조연과 문장근, 남대식을 비롯한 각 파의 핵심 인물들이라는 것이다. 피살자 중에는 그들과 함께 있던 경호원들과 가사 도우미 등도 포함되어 있어서 범인들은 무차별적인 도살을 저질렀음이 확연하다.

희대의 대형 범죄 사건에 한국 사회가 크게 동요하고 불안에 휩싸이는 중에 이런저런 추측들이 나돈다. 우선 국내 3대 조폭이 하룻밤 새에 사실상 궤멸되었다는 점에서 새로운 신생 조폭의 등장이라는 추측이다. 그러나 무자비하고 잔혹한 범행의 형태와 피살자의 수가 수십 명에 달하는 데다 더욱이 하나같이 전문적인 킬러의 총격에 의한 것이라는 점에서, 단순히 국내 신구(新舊) 조폭들 간의 세력 다툼은 아니며 마피아나 삼합회 혹은 야쿠자 등의 국제적인 범죄 조직이 개입된 글로벌 범죄 전쟁이 벌어진 것이라는 추측이 주를 이룬다.

놈들이다!

최중건의 심리 살인에서 이미 심중을 가진 바이지만, 만 하루가 채 지나지 않아서 이어 벌어진 3대 조폭에 대한 무자비한 도살에서 김강한은 이윽고 확신한다.

'놈들이다!'

바로 구마천(九魔天)이다. 그들 말고는 이런 일을 이런 방식으로 벌일 수 있는 자들이 없다.

언론에는 공개되지 않았지만 남대식 회장의 자택 CCTV 녹화 영상에서 분석된 바로는, 놈들은 이제 조태강을 넘어 조상태까지 거슬러 추적한 것으로 보인다.

또한 꼭 그를 추적하려는 목적이라기보다는, 그의 우호 세력으로 판단되는 이들부터 무차별적으로 제거하고 보겠다는 것이 아닌가 하는 판단도 해보게 된다. 이를테면, 그와 관련된 모든 것을 아예 말살시킴으로써 고립시키려는 의도! 혹은 강력한 무력시위로 타초경사(打草驚蛇) 즉, 풀숲을 두드려 뱀을 놀라게 하는 술수로 그가 스스로를 드러내도록 하려는 것일 수도 있다.

어쨌든 분명한 것은 그들 구마천의 움직임이 마침내 시작되었고, 그를 향해 노골적으로 다가오고 있다는 것이다.

전면 폐쇄

이제쯤에는 거의 완성 단계에 이르러 있는 UAI가 위험 경보를 발령한다.

그 첨단의 궁극적 인공지능은 이미 이롬 재단의 운영 전반에도 관여를 하고 있는 중인데, 다중의 보안 조치가 되어 있는 재단의 전산 정보에 외부로부터 강력한 접근 시도가 있은 데 대한 긴급한 조치이다.

즉각적인 조치들이 뒤따른다.

은폐된 채로 운영되고 있던 재단의 사회관계망들이 즉시 폐쇄되는 것을 시작으로, 재단은 모든 활동을 중단하고 전면 폐쇄를 단행한다. 즉, 최첨단 스텔스 요새 ASF로 철수한 것인데, 그야말로 비밀의 철옹성 안으로 들어가 버린 셈이다.

추적

경찰 정보망을 비롯한 수사기관의 정보들과, 또 다른 여러 소스들을 통하여 확보된 현장 주변의 모든 CCTV 영상들, 그리고 각종의 온라인 매체를 통해서 범행과 관련되었다거나 단서가 될 만하다고 네티즌들이 자발적으로 올린 블랙박스 영상 등의 모든 정보들이 UAI로 취합된다.

그리고 각종의 영상들 중에서 시간과 장소가 범행 상황의 전후인 것들을 선별한 다음, 영상에 나오는 수많은 인물들의 얼굴로 그 각각의 신변 정보를 추적한다.

그런 과정은 실로 엄두가 나지 않을 만큼의 방대하고도 막연한 작업이지만, UAI가 결과를 내는 데는 그리 오랜 시간이 걸리지 않는다.

와일드포스

일차로 용의 인물들이 특정된다. 모두 외국인들이다.

이어 그들에 대한 출입국 기록을 분석하자 그들 중의 삼십여 명이 사건 당일에서 대략 삼사 일 전부터 하루 이틀의 시차를 두고 입국한 사실이 밝혀지고, 다시 그들에 대한 분석 범위를 확대하자 이윽고 조직 하나가 등장한다.

와일드포스(WildForce)!

흔하게 알려지지는 않았고 접촉하는 것도 쉽지 않은 비밀의 조직이다. 그러나 그쪽 세계에서는 톱 레벨로 인정받는 국제 용병 조직이다.

일반적인 용병 단체는 민간군사기업의 형태를 띠며 국가 간의 국지전이나 또는 내전 등에 개입하여 전쟁을 대리하거나, 혹은 규모가 큰 무장 경호 등을 하는 경비 용역의 형태이다. 그러나 와일드포스가 활동을 하는 분야는 좀 다르다. 바로 청부다. 그들은 국가 단위의 청부나 국제 범죄 조직의 청부를 받는다. 그리고 그것이 독재자의 정치적 암살을 청부하는 것이든, 무고한 민간인을 살해하는 것이든, 순수 민간 시설을 파괴하는 것이든, 그 이상의 비도덕적인 일들도 자신들이 제시하는 대가만 지불한다면 무슨 짓이든 서슴지 않는다.

종적

방대한 정보들을 망라하며 국내에 입국한 와일드포스의 조직원들을 쫓던 UAI가 마침내 그들의 종적을 추적해 낸다. 즉각 초소형 위성 체계 MSS가 관련 영상들을 확보하여 전송한다.

경기도 외곽의 한적한 시골 마을이다. 마을의 뒷산 쪽으로 한참이나 외져 있는 한 채의 저택은 그 규모가 자못 커서 넓은 정원과 풍취를 갖춘 몇 채의 큰 건물들이 높다란 담장으로 둘러싸여 있다. 담장 위에 일정 간격으로 설치되어 있는 여러 대의 감시 카메라들은 서울 부촌의 여느 대저택을 보는 듯하다. 아마도 재력가나 고관의 전원주택이나 별장쯤일 터다.

이제부터는

김강한 마을 뒷산의 7부 능선쯤에 돌출해 있는 커다란 바위에 기댄 채로 예의 저택을 내려다보고 있다. 그는 혼자 이곳에 왔다.

이제는 그도 표면으로 나설 필요가 있겠다는 생각이다. 적의 실체와 역량에 대해 대강의 짐작이나마 할 수 있게 되었고, 재단의 방어 능력도 기대 이상으로 갖춰졌다. 물론 상대가 구마천인 이상 안심하지는 못한다. 지금 보이는 저들 정도를 적의 본류라고 할 수는 없을 터이고, 다만 그를 흔들어 밖으로 드러나게 하려는 목적의 소모품들에 불과하리라는 판단도 하고 있다.

그러나 언제까지나 수세적인 입장으로만 있을 수는 없는 노릇이고 이제는 그럴 필요도 없다. 모든 걸 해결하자면 결국 적을 격파해야만 한다. 그리하여 이제부터는 공세로 전환해야 할 시점이다.

이제부터 그가 반격에 나섬으로써 적들은 그에게로 집중하게 될 것이다. 그리하여 상대적으로 재단은 한층 안전해질 것이고, 적들은 보다 분명하게 그 실체를 드러내게 될 것이다.

제1 용병대

율리히는 와일드포스 제1 용병대의 대장이다. 그에게는 나름의 자부심이 있다. 물론 옳은 일을 하고 있다는 따위의 자부심은 아니다. 어차피 용병을 직업으로 택했을 때는 돈이 목적이었다. 그런 맥락에서의 만족감이다. 적어도 용병 업계에서 그는 최고의 보수와 지원을 받고 있다. 또 한 가지! 제1 용병대의 지휘관으로서 최고의 정예 대원들을 거느리고 있다는 데 대한 자부심이다.

세계 최강의 사설 군대를 지향하는 와일드포스는 엄격한 고용 심사를 통과한 인원들에게 다시 실전적인 훈련을 반복시키면서 최종적으로 엄선된 정예 요원들을 제1 용병대의 대원으로 주었다. 그의 휘하 대원들은 다국적이다. 대개는 이름만 대면 알 만한 각국의 최고 특수부대 출신들이거나 혹은 이미 나름의 대단한 커리어를 쌓고 있는 전문 킬러도 있다.

세상에 알려지지는 않았지만, 그의 제1 용병대는 이미 여러 차례의 비중 있는 임무들을 수행한 바 있다. 물론 단 한 번의 실패도 없었다. 그리고 최고의 성공 보수를 받았다. 그와 대원들은 이미 상당한 부를 쌓았고, 이제 몇 차례의 임무만 더 수행하면 누구나 꿈꾸는 안락하고 풍요로운 여생을 즐길 수 있을 것이다.

제1 용병대의 이번 임무는 적어도 그 첫 단계는 어려울 것이 없었다. 리스트에 오른 인물들을 크게 까다롭지 않은 방법으로 그저 제거하기만 하면 되었으니 말이다.

그들은 지금 기다리고 있는 중이다. 임무의 두 번째 단계가 시작되기를! 그 시작은 그들이 하는 것이 아니다. 곧 그들을 추격하여 올 것이라는 누군가에 의해 비로소 시작될 것이다. 그 누군가에 대해서는 그도 아는 바가 없다. 그것이 한 사람일지, 혹은 다수일지조차도!

그러나 문제없다. 그와 그의 제1 용병대는 어떤 적이라도 반격하여 궤멸시킬 자신이 있다. 비록 그들이 노출된 채로 적의 공격을 당해야 하는 처지라고 하더라도! 설마 그것이 한국의 정규군과 전면전을 벌이는 것이 아닌 다음에는!

죽일 놈들!

사위에 어둠이 내려앉은 시각. 김강한은 조용히 저택의 담을 넘어 들어간다. 순간 각종의 감지 시스템들이 작동하며 그의 움직임에 집중된다. 그러나 다시 다음 순간 그것들은 김강한의 자취를 잃어버리고서 소리 없는 경보들을 울려댄다.

여기저기에서 희미하게 번뜩였다가 사라지는 김강한의 모습은 마치 어둠 속을 유영하는 유령과도 같다. 은둔잠영술(隱遁潛影術)이다. 그러나 굳이 몸을 숨기고자 하는 건 아니다. 다만 전투에 앞서 저택의 본래 주인들을 포함한 무고한 민간인들이 있는지 확인부터 해보기 위해서다.

저택의 외곽에 아마도 창고로 쓰임직한 조립식 건물 한 동이 있고, 내부에는 대여섯의 인원들이 피투성이가 된 채로 한데 엉켜 바닥에 널브러져 있다. 시신들이다.

각기 부부로 보이는 노인과 중년의 남녀 두 쌍. 그리고 중고

등학생쯤으로 보이는 앳된 모습들이 둘. 저택에 살던 일가(一家)로 짐작되는 그들은 하나같이 총격에 머리를 관통당했다.

'죽일 놈들!'

눈앞의 참혹한 광경에 김강한의 살의가 곤두선다.

과신(過信)

율리히는 통유리창 너머의 바깥을 차갑게 주시한다. 어둠 속에서도 바깥의 광경이 사뭇 뚜렷하게 보인다. 착용하고 있는 전투 고글의 고성능 야간 투시 기능 덕분이다.

정원의 잔디 위에 한 사람이 서 있다. 바로 그자다. 저택의 곳곳에 설치된 각종의 첨단 카메라와 감지 시스템을 무력화시키며 신출귀몰의 놀라운 움직임을 보인 자! 그자가 어느 순간에 홀연히 모습을 드러내고 있는 것이다.

망설일 것은 없다. 율리히의 고개가 가볍게 끄덕여지는 순간, 마당에서 요란한 폭발음들이 울린다.

쾅~!

콰~앙!

정원 곳곳에 매설해 둔 폭탄들이 일제히 터지는 것이다. 십여 개가 넘는 흙기둥이 허공 높이 치솟은 데 이어 뿌옇게 흙먼지가 피어오르는 중에, 저택의 옥상과 지상의 매복처에 배치된 대원들의 자동화기가 일제히 불을 뿜는다.

타타타~탕!

타타타타~탕!

한바탕의 집중사격이 가해진 다음에 율리히가 느긋하게 지시한다.

"사격 중지~!"

사격이 멈추고도 정원에는 뿌연 흙먼지가 여전하다. 희미하게 보이는 윤곽만으로 정원의 잔디 바닥은 완전히 뒤집혀진 듯이 초토화되어 있다. 아무리 능력이 뛰어난 자라고 하더라도 이런 정도의 폭발과 뒤이은 집중사격 앞에서는 박살이 나고 말았으리라! 놀라운 자이긴 하지만 스스로의 능력을 과신하여 그들 앞에 온전히 모습을 드러낸 것은 그자의 어리석은 실수라고 할 것이다.

이로써 제1 용병대에게 주어진 임무의 두 번째 단계도 완수되었다. 이제는 다음의 거점으로 이동을 할 때다.

사인(死因)

"큭!"

"윽!"

한순간 새어 나오는 신음 소리에 율리히가 반사적으로 총구를 돌려 겨눈다. 거실 공간의 좌우측에 배치된 대원들이다. 그들이 바닥으로 무너져 내리고 있다.

와중에도 율리히는 재빠르게 상황을 파악한다. 일단 적이 저택 내부로 진입한 정황은 없다. 대원들의 몸에서도 이렇다 할 상흔을 찾을 수 없다. 다만 그들이 쓰러진 채로 미동도 없으며 가슴의 기복조차 없다는 점에서는 이미 즉사했다는 판단을 내리지 않을 수 없다. 그리하여 그가 이윽고는 당혹스러워지고 말 때다.

그들 두 명의 전투 고글 아래로 한 가닥씩의 붉은 액체가 흘러내리고 있다. 피다. 그가 재빨리 다가가서 대원 중 하나의 방탄 헬멧과 전투 고글까지를 벗겨내자, 대원의 이마에 콩알만 한 구멍이 하나 뚫려 있고 그곳으로부터 뭉클거리며 피가 솟구치고 있다. 다른 대원의 헬멧과 고글을 벗겨보자 마찬가지다.

두부(頭部) 관통! 대원들의 사인은 그것이다.

전멸

대원들의 헬멧에도 예의 콩알만 한 구멍이 뚫려 있다. 두 개 모두가 그렇다. 율리히로서는 새삼 놀라지 않을 수 없다.

와일드포스가 세계 최강의 사설 군대로 일컬어지는 것은,

그리고 그중에서도 그의 제1 용병대가 단 한 번의 실패도 없이 비중 있는 임무들을 수행할 수 있었던 데는 여러 가지의 요인들을 들 수 있겠지만, 그들에게 보급된 워리어 플랫폼(Warrior Platform)도 큰 요인 중의 하나라고 하겠다. 즉, 대원들이 착용한 방탄복과 방탄 헬멧에서부터 전투용 고글과 화기 자동 조준 시스템, 영상정보 처리장치, 개인 통신장치 등등의 수십 종에 이르는 최첨단의 개인 전투 장비를 말하는 것이다. 방탄 헬멧만 하더라도, 군이 제원을 따지기 전에 그가 직접 경험해 본 바로도 개인화기 정도에는 결코 뚫리지 않는 극강의 방호력을 자랑한다.

그런데 지금 그 방탄 헬멧이 아주 간단하게 관통됐다. 더욱이 놀라운 것은 관통된 형상과 흔적으로 볼 때 그것이 총격에 의한 것은 아니란 점이다. 그리고 총기가 아니고서 과연 무엇으로 저런 관통흔(貫通痕)을 만들 수 있는지 짐작조차 할 수 없다는 데서, 그의 당혹은 이윽고 섬뜩한 공포로 증폭된다.

그러나 그는 미처 알지 못하고 있다. 저택 내 다른 포지션의 대원들과 옥상과 저택 외곽에 배치된 대원들까지 전부가 지금 그의 앞에 누워 있는 대원들과 똑같은 일을 당했다는 것을! 그럼으로써 그를 제외한 제1 용병대의 전원이 전멸을 당했다는 사실을!

별안간 무언가 섬뜩한 느낌에 그는 반사적으로 총구를 돌리며 그대로 방아쇠를 당긴다. 그러나 막상 그의 자동소총은 발사되지 않는다. 방아쇠에 걸린 손가락에 미처 힘을 주기 전에 그의 전신이 마비되고 만 때문이다.

비상 시그널

율리히는 굳은 채로 자신의 앞에 선 사내를 보고 있다. 젊은 사내다. 서양인인 그의 관점에서 동양인들의 외모는 다 비슷비슷하여 평범하지만, 지금 그의 앞에 서 있는 사내가 누구인지 알기에 그는 공포에 더해 신비로움까지 느낀다. 바로 그자다. 놀라운 능력으로 그의 제1 용병대가 치밀한 방어 체계를 구축하고 있는 저택을 농락하듯 활보하였으며, 방금 전에는 알 수 없는 미상의 수법으로 그의 휘하대원 둘을 즉사시킨 자!

"소속? 그리고 이름?"

사내가 간략한 투로 묻고 있다. 영어다. 율리히는 굳이 대답하지 않는다. 다만 말을 하는 중에도 사내의 입이 거의 움직이지 않는다는 것은 의아하다. 복화술 따위의 재주인가? 사내는, 아니, 사내에게서는 다시 독어, 불어, 러시아어, 그리고 스페인어까지가 나온다. 그런 정도라면 다국적으로 이루어진 와일드포스의 누구와도 대화가 가능할 것이다.

"율리히!"

그는 이름을 말해준다. 고글에 비치는 스크린 화면 상단 중앙의 붉은 점을 응시할 3초의 시간을 확보하기 위해서다. 그 점을 3초간 지속적으로 응시하고 있을 경우 자동으로 비상 시그널이 발송된다. 제1 용병대의 임무 실패에 대한 긴급 보고다.

맹폭(猛爆)

"미식별 비행체들이 빠르게 접근 중입니다."

능이의 경고다. 비행체라면, 그리고 능이가 식별할 수 없다면 한국 군경 소속의 비행체는 아닐 것이다. 김강한은 눈앞의 용병 사내, 율리히를 가만히 노려본다. 그의 살기는 아직 수그러들지 않았다.

"미식별 비행체는 무인정찰기와 드론으로 파악됩니다. MSS로 파괴가 가능합니다. 실행할까요?"

능이의 투가 빨라진다. 그러나 김강한은 가볍게 고개를 가로젓는다. 순간,

팟!

그에게서 한 점의 예기가 폭사되고,

"윽!"

나지막한 비명을 토한 율리히의 몸이 바닥으로 무너져 내린다. 그의 헬멧 전면 중앙부에 콩알만 한 구멍이 뚫려 있고, 이내 그의 전투 고글 아래로 한 가닥의 붉은 피가 흘러내린다. 송곳니다. 백팔아검의 송곳니!

그럼으로써 와일드포스의 제1 용병대는 전멸했다. 그들이 한국에 들어와 저지른 무자비한 살육과 똑같은 방식으로!

밤하늘에 한 떼의 물체들이 나타나더니 지상의 저택을 향해 곧장 곤두박질친다. 그것은 마치 한 무리의 독수리 떼가 지상의 사냥감을 향해 일제히 내리꽂히는 듯이 장관을 연출한다.

쾅~!

콰~쾅!

콰콰~쾅!

가히 맹폭이다. 잇따른 거대 폭발로 저택은 순식간에 화염에 휩싸이며 초토화가 된다.

지켜볼 차례

김강한은 처음 그가 저택을 내려다보던 마을 뒷산 7부 능선쯤에 돌출해 있는 커다란 바위에 기댄 채로, 방금까지 그가 있던 저택이 맹폭을 당하는 광경을 지켜보고 있다. 폭격은 이내 끝나고 밤하늘에는 희미한 은빛 형상의 비행체 몇 대가 저택의 상공을 선회하고 있다. 능이가 알렸던 바의 무인정찰기일 테고 아마도 폭격의 성과 즉, 목표물의 제거 여부를 탐색하고 있는 것이리라!

"뭐야? 여기 한국 맞아? 쟤들이 저렇게 멋대로 설쳐도 되는 거야?"

김강한이 가볍게 중얼거린 데 대해 능이가,

"파괴할까요?"

하고 다시 묻는다. 김강한이 희미하게 실소하며 고개를 끄덕인다.

"그래! 이제쯤에는 저들에게 우리의 존재감을 어느 정도는 보여줄 필요가 있겠지!"

그 순간이다.

번~쩍!

버번~쩍!

밤하늘에서 낙뢰의 섬광 같은 빛줄기 몇 가닥이 수직으로 내리꽂힌다. 그리고,

펑~!

퍼~펑!

저택의 상공을 선회하던 그 몇 대의 무인정찰기가 잇달아 폭발을 일으키고는 그대로 사라져 버린다. 바로 초소형 위성

체계 MSS의 광선 포격이다.

김강한은 와일드포스의 배후가 구마천이리라는 것에 대해 이제쯤에는 확신하고 있다. 와일드포스를 통해 그들이 선공을 한 셈이나, 그들은 아직 본래의 면모와 온전한 역량을 제대로 드러내지 않은 것이리라! 그러나 그가 일단 반격을 한 셈이니, 이제는 다시 그들이 어떻게 나올지 지켜볼 차례다.

김강한의 모습이 한순간 어둠 속으로 빨려들 듯이 사라진다.

포착

UAI가 위험 경보를 잇달아 발령하고 있다. 재단의 모든 활동을 전면 폐쇄하고 ASF 요새 안으로 철수를 했음에도 불구하고, 적들은 상상 이상의 정보 능력으로 계속 접근을 해오고 있는 중이다.

UAI는 적들이 관련 정보에 접근하는 것을 전방위로 차단하는 한편으로 그들에 대한 역추적에 들어가 있다.

그런 중에 상당히 의미 있는 정보들이 포착된다. 뜻밖에도 정보의 출처는 미국 CIA다. 처음 정보의 실마리는 CIA 한국지부에서 CIA 본부로 보고된 간단한 내용의 보고서로부터다.

실마리

CIA 한국 지부의 그 보고서는 최근 한국에서 벌어진 일련의 사건에 대해 언급하고 있다.

즉, 한국의 정치권력 최고 실세로 알려진 최중건의 돌연사에서부터 한국 내 조폭 서열 상위 3대 파의 보스들을 포함한 핵심 간부급들 그리고 그 주변인들까지에 대한 무차별적인 도살 사건에 대해서다.

희대의 사건이랄 만하니 CIA로서도 관심을 가질 수는 있겠다고 하겠다. 그런데 UAI의 탐지망에 상당히 유의미하게 포착된 부분은, CIA가 그 사건들을 저지른 실체가 와일드포스라고 단정 내지는 분명하게 인지하고 있는 느낌에 대해서다.

3대 조폭에 대한 사건은 또 어떻게 상상으로라도 와일드포스와 연관을 시켜볼 수도 있겠다고 하겠다. 사건 당시에 한국 사회 일각에서도 마피아나 삼합회 혹은 야쿠자 등의 국제 범죄 조직들이 개입된 글로벌 범죄 전쟁이 벌어진 것이라는 추측도 있었으니, 그들 국제 범죄 조직이 와일드포스에 사건에 대한 청부를 했으리라는 것으로 추측을 조금 더 확장시켜 보는 것도 어쨌든 가능은 할 테니 말이다.

그러나 최중건의 돌연사에 대해서까지도 와일드포스가 관련된 것으로 당연시하고 있다는 점은 뜻밖일 수밖에 없다. 우선 최중건의 죽음이 돌연사가 아니고 피살되었다는 전제에서 부터 그렇다. 그런 쪽으로의 시각은 한국의 언론은 물론이고 수사기관에서도 전혀 없었을뿐더러 비공식적인 추측조차 나돈 바가 없다. 그런데 사건과 어떤 관련도 없는, 적어도 없어 보이는 CIA가 과연 어떤 근거나 추론으로 그런 전제를 하고 나아가 와일드포스까지를 연계시킨단 말인가?

CIA 한국 지부의 그 보고서에서 UAI가 결정적인 실마리로 도출한 것은 하나의 이름이다. 조태강! 보고서의 말미에 와일드포스가 조태강에 대한 추적을 해나가고 있다는 대목이 나온 것이다.

극비 문서

UAI는 CIA 본부의 정보망에 접근한다. 그리고 치밀하고도 엄중한 방화벽을 뚫고 다수 문건의 극비 문서들을 확보하는데, 거기에는 참으로 놀랍기 그지없는 내용들이 담겨 있다.

[작전명: Clear UGT(Unknown Greatest Threat)]

CIA의 긴급 특수작전이 발동되었다. UGT를 제거하라! UGT는 현존하는 모든 무기체계를 압도해 버리는 초무기체계

한 가지로 단번에 최고의 위협으로 대두된 신생의 위협에 대해 CIA가 명명한 이름이다. 그리고 극비 문서에는 또 다른 이름 하나가 주요하게 언급되고 있다.

바로 Nine Skies다.

[웬만한 규모의 국가와 전쟁도 치를 수 있는 거대한 조직력과 막강한 무력을 지녔다. 그러나 철저하게 비밀에 싸인 채 어떤 통제도 받지 않으면서 모든 국제법과 규약들 따위는 간단히 무시해 버리는 초법적인 조직이다. 그럼으로써 치명적인 위험도를 지녔다.]

CIA가 Nine Skies에 대해 정의한 내용이다. 그리하여 CIA는 지금까지 은밀하게 Nine Skies를 감시하고 견제해 왔다. 그러나 새롭게 등장한 또 다른 치명적 위험인 UGT를 제거하기 위해 기존의 위협인 Nine Skies에게 용역을 의뢰했다. 즉, Nine Skies를 이용한 UGT의 제거! CIA가 발동한 긴급 특수작전의 골자다.

주목

CIA의 극비 문서 중에는 Nine Skies가 UGT를 추적하는 과정들이 언급되어 있는 문건도 있다. 다시 그 내용 중에는 와일드포스가 조태강에 대해 추적하는 과정도 포함되어 있는데 그 대략은 다음과 같다.

[센카쿠 열도가 폭파되어 사라진 사건과 관련하여 벌어진 한국과 중국의 갈등 국면에서, 청와대에서 북한을 통해 중국과 연결되는 임시 핫라인이 개설되었다. Nine Skies는 모종의 경로를 통해 당시 중국의 리(李, Li)와 한국의 조(Jo)라는 인물이 통화한 내용을 확보하였다. 그리고 Jo에 대해 주목한다. 즉, Jo가 자신에 대해 '한국 정부와는 무관하고, 한국 정부를 대표하지도 않는다. 다만 무국적의 비밀 조직으로 초무기체계의 운용 주체이고, 그것과 관련된 결정권을 가졌다!'고 언급한 점에 대해서다. 이후 Nine Skies는 한국 정부와 청와대의 인적자원과 인맥 풀을 중심으로 광범위한 조사와 분석을 해나갔고, 그런 중에 Jo와 관련 가능성이 있는 한 인물을 도출해 냈다. 바로 조태강이다. 잠시간 청와대 행정관으로 일했던 조태강이 중국에서 보인 특이한 행적에 주목한 것이다. 조태강을 특정하자 Nine Skies의 강력하고도 광대한 정보체계는 조태강에 대해 비밀의 영역으로 되어 있던 자료와 정보들까지를 속속 확보한다. AAAIAG 테러 사건! 북한 김찬의 극비 서울 방문! IS 한국인 인질 사태! 등등에서 조태강이 개입되었거나 혹은 개입된 것으로 추정되는 일련의 사건들에 대해서다.]

자책은 그의 몫이어야만 한다

UAI가 Nine Skies에 대한 실체를 구체화해 나갈수록 최유한 박사는 놀람을 금치 못한다. 현재의 지구상에 국가가 아니면서도 그런 정도의 가공할 능력을 지닌 조직이 존재하고 있다는 사실에 대해!

그러나 한편으로 그는 자책하는 심정으로 되기도 한다. Nine Skies가 김강한과 재단을 목표로 하는 그 배후에 CIA가 있다는 점에서, 혹시 그 자신으로 인한 요인도 있는 것이 아닌가 하는 지레의 염려에서다.

김강한이 최유한 박사의 그런 심정에 대해 듣고 나서야, 분명히 얘기를 해주지 않을 수는 없다. 이 모든 사단이 오로지 그 자신으로 인한 것이며, 또한 그 자신을 최종 목표로 해서 벌어지고 있다는 것에 대해!

그런 점에서 자책은 오히려 김강한 자신의 몫이어야만 한다. 그로 인해 재단의 다른 사람들까지 중대한 위험에 직면하게 되었다는 점에 대해! 당장 최유한 박사의 경우만 해도 그렇지 않은가? UAI와 MSS 그리고 ASF 요새 등을 총괄 운용하면서 어쨌든 이미 저들과의 전쟁에서 전면에 나서 있는 셈이 아닌가 말이다.

그의 전쟁

"Nine Skies! 그들이 바로 구마천이군요!"

최유한 박사의 그 말에 대해서는 김강한도 전혀 이견이 있을 것이 없다. '아홉 하늘'쯤으로 직역되는 그 이름에서부터도 벌써 확연하듯이, 이미 당연해진 사실에 대한 새삼스러운 확인일 뿐이다.

"지금까지 파악된 것만으로도 저들은 실로 엄청난 능력을 보이고 있습니다. 그런데 지금 대표님의 말씀에서는 저들의 실체가 얼마나 더 거대할지, 그 능력이 얼마나 더 엄청날지, 그럼으로써 얼마나 위험하고 위협적인 상대일지 상상하기 어렵군요."

최유한 박사의 목소리가 무겁다. 그러나 그는 이내 담담해진 투로 다시 말을 보탠다.

"어쨌거나 우리는 당장에 대응 전략을 수정해야만 하겠습니다."

최유한 박사의 말을 듣고 있던 중에 김강한은 문득 생소한 느낌이 드는 데가 있다.

'우리? 대응 전략을 수정한다고?'

최유한 박사의 그런 표현들에서는 마치 이 싸움을, 이 전쟁을 박사 자신도 함께 치르기라도 할 듯한 의지가 사뭇 강하게 개입되어 있는 것 같아서다. 그러나 그건 아니다. 이 싸움은, 구마천과의 전쟁은 어디까지나 그 혼자서 감당해야 하는 그의 전쟁이다. 최유한 박사와 재단의 다른 사람들이 지금 요새로 들어와 있는 것은, 그와 구마천의 전쟁에서 안전하게 대피해 있도록 하기 위한 것이다.

최유한 박사가 문득 희미한 웃음기를 떠올린다. 마치 김강한이 지금 심중에 가진 그런 생각을 꿰뚫기라도 한다는 듯이!

스스로의 무능과 무책임에 대해!

"다른 사람들을 이곳 요새에 대피시켜 놓고, 대표님 혼자서 저들을 상대하리라는 작정이시겠지요?"

최유한 박사의 그 말은 딱 그의 의중 그대로이니 김강한이 가볍게 고개를 끄덕여 준다. 그러나 최유한 박사는 곧바로 고개를 가로젓는다.

"그러나 이곳 ASF 요새로도 결코 안전을 보장할 수 없다면 어떻게 하시겠습니까?"

김강한이 퍼뜩 당황스럽다. 미처 생각해 보지 않았던 얘기다. 더욱이 UAI와 MSS 그리고 ASF 요새 등 자신의 성과물들에 대해 최유한 박사가 평소에 내비쳐 왔던 자부심이 어떠하다는 것은 그도 잘 아는 바인데, 지금 박사의 말은 너무 쉽게 자신의 그 자부심을 꺾어버리는 것이 아닌가? 최유한 박사가 담담하게 말을 이어간다.

"저들의 놀라운 능력으로 볼 때 이제 곧 우리에 대한 모든 것을 파악할 겁니다. 재단 사람들을 위시해서 대표님과 연관이 있는 모두에 대한 신상과 제반의 정보는 물론이겠죠. 그런 터에 이곳 ASF 요새가 언제까지 비밀로 남아 있을 수 있을까요? 곧 노출될 겁니다. 어쩌면 이미 노출되었을 수도 있습니다. 와일드포스 같은 조직을 다만 외곽의 일개 조직으로 두고 있는 자들입니다. 더욱이 그 배후에는 CIA까지 있습니다. 이제쯤에는 우리의 MSS와 나아가 UAI의 존재에 대해서도 대략을 파악했다고 봐야 합니다. 그리하여 저들이 이곳 요새를 목표로 정한다면 지금까지 보여준 것과는 또 다른 차원의 공격을 가해올 것이고, 그때는 이곳 요새는 안전지대가 아니라 오히려 가장 위험한 고립지(孤立地)가 될 뿐입니다."

"그런 상황이 우려된다면 다른 대책을 찾아봐야지요."

김강한이 짐짓 시큰둥하게 받는다. 솔직히 최유한 박사의 그 같은 우려에 쉽게는 공감하기 어려워서다. 박사가 문득 정색으로 받는다.

"다른 대책이요? 다른 도피처라도 찾겠다는 겁니까? 그런 곳이 과연 있을까요? 글쎄요! 송구한 말씀이지만 저들의 거대하고도 막강한 능력이라면 이 지구상의 어디라도 결국에는 서들의 추적을 피하지 못할 겁니다."

"으음……."

김강한이 이윽고는 무거운 침음성을 뱉고 만다. 최유한 박사의 말이 마치 질책이라도 하는 듯이 사뭇 신랄하기까지 한 것도 있지만, 그 스스로도 새삼스러운 자책이 생겨서다. 소중한 사람들을 지키기 위해 그동안 나름의 노력을 한다고 했지만, 결국은 그들을 이런 우려스러운 상황에 몰리도록 만든 스스로의 무능과 무책임에 대해!

뭘 어떻게 하자는 겁니까?

"대응 전략을 수정한다면……?"

김강한이 물음을 제대로 맺지 못한다. 쑥스러워서다. 연구와 관련된 일 외에는 관심도 없고 문외한이나 마찬가지라 어쩔 수 없는 책상물림이라고 생각했던 바도 있는, 그런 사람에게 지금 이 거대하고도 엄청난 전쟁의 대응 전략에 관한 얘기를 꺼내는 데 대해서다. 그러나 곧바로 말을 받는 최유한 박사는 차분하고도 진지하다.

"저들과의 싸움에서는, 아니, 이런 정도면 싸움이 아니라 전쟁이라고 해야겠지요. 어쨌든 이 전쟁에서는 우리가 무조건 불리합니다. UAI와 MSS에서는 우리가 어느 정도의 우위에 있다고 할 수 있을지 모르겠지만, 놀랍게도 적들의 능력 또한 우리에 비해 크게 열세에 있는 것 같지는 않습니다. 더욱이 전쟁은 결국 전체적이고 종합적인 능력으로 하는 것이니, 규모와 세력이 큰 쪽이 절대적으로 유리하다는 관점에서는 확연하게 우리가 열세일 수밖에 없습니다. 특히 장기전으로 갔을 때는, 우리가 먼저 역량의 한계에 봉착하게 될 것은 자명합니다. 그리고 우리에게는 결정적으로 불리한 약점이 한 가지 더 있죠. 바로 지켜야 할 사람들이 있다는 겁니다. 막상 전쟁에는 아무런 기여도가 없지만, 그러나 반드시 지켜내야만 하는 사람들! 전쟁이 길어질수록 그들에 대한 위험도는 높아갈 것이고, 그만큼 우리에게는 치명적인 약점이 될 겁니다."

"그래서요? 우리가 무조건 불리하고 열세이고 치명적인 약점이 있다고 칩시다. 그래서요? 뭘 어떻게 하자는 겁니까?"

김강한이 이윽고는 버럭 소리를 지르고야 만다.

우리의 전쟁

"먼저 대표님의 승낙을 받을 것이 있습니다."

최유한 박사의 그 말은 느닷없기까지 하다. 그러나 방금 소리를 지른 것 때문에라도 김강한이 애써 순순하게 고개를 끄덕인다.

"말씀해 보십시오."

"저도 싸우겠습니다. 대표님과 함께!"

또한 느닷없는 말에 김강한이 이마를 한껏 찡그리고 만다.

"무슨 뜻입니까?"

"치명적인 약점으로 취급되어 짐이나 되고 보호나 받는 처지가 되지는 않겠다는 겁니다. 대표님과 함께 저들과 당당히 맞서 싸우겠다는 겁니다."

최유한 박사의 어조가 강해진다. 그러나 김강한은 단호하게 잘라 버린다.

"안 됩니다, 그건!"

최유한 박사가 문득 차분하게 가라앉은 눈빛으로 김강한을 쏘아보듯 응시하며 무겁게 받는다.

"이 전쟁은 이미 대표님만의 전쟁이 아닙니다. 저를 포함한 우리 모두의 전쟁입니다. 그리고 전쟁인 이상에는 반드시 이겨야만 합니다. 그래야 살아남을 테니까요. 거대하고도 막강한 적과 싸워 이기기 위해서는, 살아남기 위해서는, 우리가 가진 모든 것을 걸어야만 합니다. 싸울 수 있는 사람은 누구라도 힘을 합쳐 함께 싸워야만 합니다. 대표님께서 안 된다고 하셔도 저는 싸울 겁니다. 저의 모든 걸 다 동원해서 저들과 맞서 싸울 겁니다."

김강한은 차라리 당황스럽다. 최유한 박사가 내비치는 전혀 의외의 투지에 대해서다.

투지? 물론 그의 투지는 자신이 이루어낸 연구의 성과들을 통해서 발휘될 것이지, 직접 전투에 나서려는 것은 아닐 터이지만!

솔직히 두렵다

'한번 해볼 만하다. 아니, 한번 해보고 싶다. 내 모든 전력을 다해 한번 부딪쳐 보고 싶다.'

김강한 또한 구마천에 대해 투지를 가지고 있다. 그러나 그러한 투지는 구마천이라는 거대한 집단에 대한 것이라기보다는 다만 그 수뇌인 심마와 괴마와 화마 등의 인물들에 대해서다. 그들이 가진 개인적 능력과 무공에 대해서다.

거대한 집단으로서의 구마천이라면 얘기는 완전히 다르다. 더욱이 전쟁이라면? 그들이 그 엄청난 규모와 역량을 총동원하여 무차별적으로 공격을 가해온다면?

솔직히 두렵다. 그 혼자로는 도저히 감당할 수 없게 될 것이고, 그리하여 그의 소중한 사람들을 지킬 수 없게 될지도 모른다.

그런 생각만으로도 등줄기에 식은땀이 흐를 정도로 공포감이 엄습해 든다.

절실하다

'이기기 위해서는, 살아남기 위해서는 우리가 가진 모든 것을 걸어야만 합니다. 싸울 수 있는 사람은 누구라도 힘을 합쳐 함께 싸워야만 합니다.'

최유한 박사가 한 그 말에는 김강한도 수긍한다. 아니, 수긍하지 않을 수 없다. 사실이다. 구마천과의 전쟁을 치르기 위해서는 우선 최유한 박사의 힘이 필요하다. 아니, 절실하게 그의 도움이 필요하다.

김강한이 이미 상대해 보았듯이 와일드포스만 해도 병력을 직접 투입하지 않는 무인(無人) 전쟁이 가능하다. 그럴진대 구마천이 본격적으로 도발해 올 이제부터의 전쟁이 얼마나 더 고도화되고 첨단화될지, 또 어떤 생각지 못할 수단과 방법들이 동원될지는 상상해 보기조차 어려운 노릇이다.

그런 점에서 UAI와, MSS 그리고 ASF 등의 역할은 절대적이고, 그렇다면 최유한 박사는 없어서는 안 될 존재이다.

물론 능이가 있긴 하다.

UAI의 완전한 축소판이라고 하고, 그리하여 능이를 통하면 언제 어디서라도 UAI를 완전하게 통제하며 자유롭게 운용할 수 있다고 한다. 또한 UAI를 통해 MSS와 ASF의 통제와 운용도 능히 가능하다고 한다.

그러나 그것이야 어디까지나 논리적으로 그렇다는 것일 뿐, 문제는 그가 능이로 하여금 그런 완벽을 발휘하게끔 이끌고 지시할 능력이 없다는 데 있다.

건곤일척의 계(計)

무겁게 가라앉은 눈빛으로 쏘아보듯 그를 응시하고 있는 최유한 박사에 대해, 김강한이 이윽고는 가볍게 고개를 끄덕이고 만다.

최유한 박사의 얼굴로 짧은 희열 같은 것이 지나가지만 박사는 이내 진중한 기색으로 되며 불쑥 짧은 한마디를 꺼낸다.

"건곤일척!"

박사가 말하고자 하는 대응 전략의 키워드쯤이 되는 것일 터다. 김강한이 눈빛으로 설명을 재촉한다.

"말씀드렸듯이 이 전쟁에서 시간을 끌수록 우리의 불리와 열세는 더해집니다. 그래서 건곤일척! 우리의 운명과 모든 것을 걸고, 단 한 판으로 승패를 가리는 겁니다."

"단 한 판으로 승패를 가린다……? 어떻게 말입니까?"

김강한이 묻지 않을 수 없다. 최유한 박사가 차분한 투로 받는다.

"우리에게 가장 유리한 조건으로 적의 핵심 전력을 끌어들이는 겁니다. 그리고 단번에 궤멸시킴으로써 전쟁을 종식시키는 겁니다!

"우리에게 가장 유리한 조건이라면……?"

"우리가 최강의 전력을 발휘할 수 있는 곳! 바로 이곳 ASF 요새입니다."

최유한 박사가 이어낸 그 말에 대해서는 김강한이 설핏 화가 생기고 만다.

"하지만… 이제 이곳 요새는 안전지대가 아니라 오히려 가장 위험한 고립지(孤立地)가 될 뿐이라고 하지 않았습니까? 그런데 이곳이 우리에게 가장 유리한 조건이라는 건 또 무슨 얘깁니까?"

그러나 최유한 박사는 여전히 차분하다.

"ASF 요새의 운용 개념 자체를 바꾸는 겁니다. 즉, 수성(守成)의 요새 개념에서 벗어나, 오히려 적의 주력을 끌어들여 격멸시키는 죽음의 함정으로 이용하자는 거지요."

"함정……?"

"예! 이곳이야말로 우리가 가진 모든 역량을 온전히 집중시킬 수 있는 곳이니, 상대적으로 적에게는 가장 위험한 함정이 되는 것입니다. 그리고 그것은 대표님과 저 둘만으로 충분히 가능한 일이기도 하지요."

그런 최유한 박사에게게서는 아까 ASF 요새도 결코 안전을 보장할 수 없다며 너무 쉽게 꺾어버렸던 자부심이 다시 살아난 듯하다.

무책임한 질문에 대해

"이곳 요새로 적을 끌어들이면… 그럼 재단 사람들은 어떻게 합니까?"

김강한의 물음에 최유한 박사는 여전히 차분하기만 하다.

"다른 안전한 장소를 찾아봐야지요."

김강한이 다시금 잔뜩 찡그리지 않을 수 없다.

"저들의 능력이라면 이 지구상의 어디라도 결국에는 추적을 피하지 못할 거라고 하지 않았습니까?"

"그랬지요. 그러나 우리의 건곤일척의 계(計)가 성공한다면, 추적할 적은 더 이상 존재하지 않습니다. 그러니 우리는 다만 단기간의 안전만 보장할 수 있는 장소를 찾으면 되는 것이고, 그것은 크게 어렵지 않을 겁니다."

최유한 박사의 대답에 막힘이 없다. 그런 때문에라도 김강한은 머릿속이 복잡하다.

그러나 결정은 그의 몫이다.

그 결정이 불러올 결과가 감히 감당하기 어려운 것일지라도! 그가 마지막으로 물어본다.

"과연 우리가 이길 수 있을까요?"

"이겨야죠! 반드시!"

최유한 박사가 담담히 웃으며 답한다.

결정자의 무책임한 질문에 대해 그로서는 그렇게 대답할
수밖에 없는 것이리라!

대피 장소

진초희와 이철진 등이 단기간 대피해 있을 안전 장소로는
몇 군데가 고려된다.

우선은 17호 안가다. 즉, 국정원이 관리하는 안가 중에서도
최상위 보안등급이며, 지난번 김찬과 유미 등이 서울에 왔을
때 며칠을 보낸 그곳 말이다.

특히나 그곳의 지하 벙커! 사방과 천장 그리고 지하까지 두
터운 콘크리트 벽으로 둘러쳐져 있어서 외부 충격에 대한 방
호는 물론 전자기파에 대한 차폐까지 안배된 안전 공간이면
서, 한 달 정도는 외부의 지원 없이도 생활이 가능하도록 필요
한 제반 시설과 용품들이 갖춰져 있는 곳! 그곳이라면 진초희
등이 단기간 동안 대피해 있기에는 맞춤한 장소라고 할 것이
다.

청와대도 고려되었다. 철저한 비밀만 지켜진다면 진초희 등
의 몇 명 정도가 청와대 내부에서 단기간을 머무는 것도 가
능은 할 일이다. 김강한이 조태강으로서 그간 쌓은 업적과,
또 백인호 대통령과의 특별한 친분이라면 가능하지 못할 것도
없을 것이다.

그러나 최종적으로는 숙도로 결정이 되었다. 외부로는 이름
조차 거의 알려지지 않아 들어가는 배라고는 장덕팔 선장의
승리호가 유일하며, 선장의 당숙인 팔순의 할배만이 유일한
주민으로 있는 남해의 작은 외딴섬!

물론 제법 먼 이동 경로 때문에 적에게 노출될 우려와 또
만약에 노출될 경우에는 완전히 무방비로 되고 만다는 치명
적인 리스크가 있다.

그러나 그런 우려와 리스크야 조금 더 크고 작을 뿐 어느
곳 어느 쪽이든 다 있다고 하겠다. 어쩌면 오히려 숙도가 가지
는 그런 우려와 리스크 덕분에 적의 입장에서는 전혀 의외일
한 수가 될 수도 있을 것이다.

그 말을 어떻게 한단 말인가?

"약속해요! 지금 이후로 다시는 내게서 떨어지지 않겠다고."
"약속할게."

"당신이 그 약속을 반드시 지키리라고 믿어요. 당신을 믿어요."

    김강한에게는 아직도 생생하다. 그때 일본 요코하마의 나카야마카이 본부에서 그가 나카야마카이의 회장을 인질로 잡고 있으면서 진초희와 중산을 먼저 내보낼 때 그녀와 나눈 대화! 그리고 그녀에게 한 약속!

    그러나 이후로 그는 이미 몇 차례나 그녀와의 약속을 어겼고, 어기고 있는 중이고, 이제 또다시 어기려 하고 있다. 다시는 그녀에게서 떨어지지 않겠다는 그 약속을!

    최중건과 거래를 하면서는 그녀를 비롯한 재단 사람들이 더욱 심각한 위험에 노출될 것이라는 염려로 그녀를 떠났었다.

    그때 그는 그 어떤 설명도 해명도 없이 차라리 조용히 사라지는 쪽을 택했다. 그것이 그의 어쩔 수 없는 선택임을 그녀가 깊이 이해해 주기를 바라며! 또한 그가 모든 위협을 제거하고 다시 그녀의 곁으로 돌아올 것을 의심 없이 믿어주기를 바라면서!

    그러나 막상은 염려했던 위협들은 제거되지 않았으며 오히려 가중되고 있는 상황에서도 그는 오로지 스스로의 입장과 감정에만 충실하여 불쑥불쑥 그녀를 찾곤 했다. 유미의 장락

밀에 당했을 때도! IS에 의한 한국인 인질 납치 테러 사건이 종결된 후에는 구마천과 심마라는 거대한 위협이 그를 주목하고 있을 위험과 경각에도 불구하고 그녀와의 행복한 시간들을 누려왔다.

그런 시간들이야말로 그에게도 그녀에게도 그 어떤 거대한 위험을 감수하고라도 놓치지 말아야 할 만큼의 충분한 가치가 있다고? 만약의 어떤 위험에 직면하게 된다고 하더라도, 어떤 상황에서든 그녀를 지켜낼 수 있다고? 아아! 그는 얼마나 일방적이었던가? 얼마나 이기적이었던가?

그런데 이제는 또다시 위험한 상황이 도래했으니 그를 떠나 있으라고? 그것도 무인도나 마찬가지인 남해의 외딴섬으로 가라고? 그녀에게 그 말을 어떻게 한단 말인가? 차마 못 할 노릇이다.

더욱이 이게 마지막이라고는, 이번만 잘 넘어가면 이제 다시는 이렇게 약속을 어기는 일은 없을 것이라고는 그 스스로도 확신하지 못하면서 말이다.

이런 순간에까지 얼마나 이중적인가?

결국 김강한은 진초희에게 아무 말도 하지 못했다.

그를 대신해서 이철진과 최유한 박사가 상황의 엄중함에 대한 설명과, 그녀와 이철진 등의 소위 비전투원들의 대피가 긴급히 이루어져야만 한다는 설득을 그녀에게 했다.

그녀는 차라리 의연하게 수긍했다. 그런 그녀의 모습은 이번에도 그가 바라는 대로였다.

그에게만 의지하며 언제나 그의 보호를 필요로 하는 연약한 여자가 아닌, 누구보다 대범하고, 현명하고, 냉철하고, 단호한 여자의 모습!

아아! 그러나 다시 한번 뼈저리게 절감하는 것이지만, 그라는 인간은 이런 순간에까지 얼마나 이중적인가?

내일부터

늦은 밤. ASF 요새에서 동떨어진 곳에 있는 평범한 전원주택촌의 끝자락에 위치한 주택의 차고에서 승용차 한 대가 조용히 차고를 빠져나간다.

앞 유리까지 짙은 선팅을 한 까닭에 낮에 보았더라도 차 안에 탄 사람이 보이지 않았을 테지만, 안에는 네 사람이 타고 있다.

진초희와 이철진 그리고 중산과 쌍피다.

운전석에 쌍피가 앉긴 했지만, 그가 운전을 하지는 않는다. 자율주행을 하는 무인 자동차다. 차의 이동 경로는 UAI가 설정하며, 최종 목적지는 남해안의 한 작은 선착장이다. 물론 이동하는 중의 상황 변화에 따라서 목적지는 17호 안가나 청와대 쪽으로 바뀔 수도 있고, 그런 경우에 대해서도 필요한 조치들이 이미 취해져 있다.

라이트도 켜지 않은 채 마을의 이면도로로 빠져나간 승용차는 이내 어둠 속에 묻혀 버린다.

내일부터다.

적의 주력을 ASF 요새로 유인하는 작업이 이루어질 것이다. 김강한과 재단에 관한 정보가 일정 부분씩 단계별로 노출될 것이고, UAI가 차단, 봉쇄하고 있는 정보체계의 루트 또한 단계적으로 해제가 될 것이다.

『강한 금강불괴되다』 10권에 계속…